山鹰的新疆游记

儿子娃娃

朱敬恩 ● 著

新疆生产建设兵团出版社

图书在版编目（CIP）数据

儿子娃娃 / 朱敬恩著 .—五家渠：新疆生产建设兵团出版社，2022.5
ISBN 978-7-5574-0784-1

Ⅰ.①儿… Ⅱ.①朱… Ⅲ.①散文集—中国—当代 Ⅳ.①I267

中国版本图书馆CIP数据核字（2022）第070090号

责任编辑：王学得	责任校对：孟刘钰	装帧设计：Dr. HOW

儿子娃娃
ERZI WAWA

出版/新疆生产建设兵团出版社
印刷/新疆金版印务有限公司
版次：2022年5月第1版　　　　　　　　印次：2022年5月第1次印刷
开本：787毫米×1092毫米 1/16　　　　印张：20　字数：240千字

新疆生产建设兵团出版社
ISBN 978-7-5574-0784-1　定价：66.00元
邮购地址 831300　新疆五家渠市迎宾路619号
电话：0994-5677116　0994-5677185
传真：0994-5677519

去新疆·代序

就要启程去乌鲁木齐了。

"去新疆",从萌发念头到即将成行,十五年了。人生能有几个十五年?

回想起来,最早起了去新疆的心思是在一九八七年的夏天——因为看了天山电影制片厂的电影《买买提外传》。电影里,男人们幽默热情,姑娘们穿着大裙子跳着火一样的舞蹈;绵延的高山长满了葱绿的云杉,澄澈的湖水把蓝天白云抱在怀里……那个暑假我小学毕业,我对自己说:"这个地方我是真的喜欢啊!"

初中语文课本有一篇《天山景物记》,是那个年纪的我所见的最撩动心弦的一篇游记。老师带着全班朗读,读着读着,只剩下一片惊叹之声。现在想起来,文字并非最美,但是寥寥数语,野性十足的大美新疆已经跃然纸上。或许这便是大自然的魅力——笔尖稍一流露,就足以令我在畅想中踏过繁花,抱着阳光在山水间肆意狂奔。

新疆再一次闪现在我的脑海里是高考填志愿的时候。因为对医学有些兴趣,胡乱翻看名录才留意到新疆还有个石河子医学院。问长辈石河子是什么地方,被告知那是屯垦戍边的地方。我的脑海里闪过一眼看不到边的农田和荒凉的戈壁,打了个冷颤,赶紧翻了过去。

转眼到了二〇〇〇年,偶然的机会看到了黄胄画的《新疆维族舞》。被画家定格的律动仿佛一把天启之光,随时要从纸面冲出来,在我的脑海里掀起巨浪,将所有的情绪都打翻,只剩下一个念头——要随着那看不见却响彻周边的鼓点舞动起来，直到累翻，仰躺在地。

世界那么大，我只想去新疆。

可是，一直都没有成行。读书、工作，再读书、再工作，其间学会了观鸟，走了很多地方，最接近新疆的一次是去了敦煌，到了罗布泊的边缘——东天山在望，脚步却在戈壁滩上停了下来。西风长啸，落日融金。

终于，今年得知有鸟友召集去新疆观鸟。所有的事情都抛开吧！虽然只是去北疆，只是偌大的新疆很小的一部分，但那已足够广阔，足够容下这么多年深藏在心底的相思——何况，还有千娇百媚的鸟儿在等着为我歌唱。

新疆——距离大海最远的省份，身在厦门的我带不去海水的咸味，却带着海一样的深情——请允许我，极速靠近……

2015 年 6 月

又：令我自己也没想到的是，自从二〇一五年去了新疆之后，竟然一发不可收拾，除了二〇一七年暑期不在国内，以及二〇二〇年因为新冠疫情，我几乎年年往新疆跑，而且每次一待就是一个月。若不是被新疆的美食撑得肚大腰圆迫不得已"逃"回厦门，无论如何也舍不得离开，于是就有了这本书。

书中的文章是按照我游历新疆的时间顺序编排的，若是让我自己评判这些文章的质量，我会觉得越往后写得越好一些，原因也很简单——随着时间的推移和对新疆了解的不断深入，我对新疆的爱也越来越深沉。因此，恳请诸位读者朋友阅读时多一点耐心。

毋庸置疑，这本书就是我对新疆的爱。当你翻开它的时候，希望这份爱里的甜蜜，能像天山上的雪水一样流进你的心田。

山鹰于厦门虎溪岩
2021 年 12 月

目录

一场浑浊的雨之后——初见乌鲁木齐　　/1/

来一点点冒险　　/6/

南山，起点与终点　　/10/

白鸟湖与蘑菇湖　　/18/

乌伦古湖　　/23/

胡杨林，难以拒绝的爱　　/30/

美哉，高山草原　　/37/

荒漠有灵　　/47/

地涌五彩　　/55/

小别新疆　　/60/

胜利达坂的风　　/66/

九曲十八弯的相会　　/69/

独库风云　　/75/

赛里木湖与果子沟　　/81/

罗布泊　　/86/

目录

火焰山的岩鸽	/91/
伊犁河谷	/97/
冰雪花园	/103/
天山"大猩猩"——夏特古道随想	/108/
情在心底——白石峰寻鸡记	/113/
银白杨与金黄鹂	/124/
脚下是中国——格登碑	/132/
大地上的歌舞	/139/
月亮、草原、鸟和古龙的英雄	/143/
观鸟、狗屎运和成长	/149/
儿子娃娃	/155/
独库公路上的流石滩	/160/
喀什，应该换种方式与你相遇	/166/
那个像野鹅般飞越湖面的男人	/173/
沙漠公路里的爱	/184/
梦里花开知多少	/198/
初遇吉木萨尔	/204/

花儿沟的故事	/214/
走亲戚	/220/
二工河沟里的洪流	/225/
伴山公路的美	/232/
从湖畔到沙漠	/241/
天池的细节	/244/
龟兹往事	/252/
"霞"谷深深	/261/
寂美三道海	/268/
可可托海没有爱	/276/
野性喀纳斯	/282/
大地斑斓——彩丘与海上魔鬼城	/290/
湖边寻宝记	/297/
东归与西迁	/302/
致 谢	/309/

准噶尔盆地

帕米尔高原

一场浑浊的雨之后——初见乌鲁木齐

一

如果不是羊肉串的香气和不时可见的维吾尔族文字，乌鲁木齐和我去过的很多北方城市看不出有太大的差别。

目光所及之处，并不多的一点绿色顽强地装点着这座城市的门面。出了机场我才意识到今天这里的天空是黄色的，在连打了几个喷嚏之后，我看了一下手机里的实时天气播报：雾霾指数500。

这里的人是热情的，从机场的工作人员到酒店的服务员包括路上偶遇的，几句话之后，原本绷着的陌生面孔很快就有了笑容。已经是晚上十点半了，天还没有黑。刚才在大巴车上的时候开始下雨，雨点浑浊，在车窗上画出一道道斑纹。雨过了，天也渐渐露出些蓝色。此刻的雾霾指数192。

本想去逛逛夜市,但酒店的年轻服务员对我的询问似乎有点诧异,说现在早关门了,七点后市场都不会有人。

看了看酒店周围,果真见不到几个人。若在内地,这已经是快入睡的时间,倒也正常,可乌鲁木齐此时的天空依旧亮着,白昼里空空如也的街道让我有些不适应,甚至莫名地有些惶恐。不,其实不是惶恐,而是一种浑浊的、看不透说不清的情绪,就像那些雨点。

风很大,穿着短袖有些凉,我走到维吾尔族汉子开的烧烤摊边,原来,温暖可以带着香气。

二

红山塔

红山塔不过是一个小小的山头上一座小小的砖塔,蓝天白云之下,却有着说不出的刚健之美。建于一七八八年的红山塔一直是乌鲁木齐的地标,亦是历朝历代文人聚在一起共吟风雅之所。鸦片战争之后,林则徐被外放迪化(今乌鲁木齐),在此写下了"任狂歌,醉卧红山嘴。风劲处,酒鳞起"的诗句。站在塔边环顾四周:远处,天山雄浑伟岸；近处，城郭车水马龙。乌鲁木齐，这座在天山夹缝中的城市，我轻轻地撩开她的面纱，期待着不一样的精彩。

早晨的红山公园是鸟雀的世界。灰蓝山雀是可爱的萌物，㭎䴗是好奇又大胆的后生，楼燕是身手矫健的空中骑士，白鹡鸰是戴上了黑头巾只露出小白脸的穆斯林少女。新疆歌鸲是花腔女高音，用婉转多变的乐章歌唱它在这里的幸福生活；小杜鹃故作害羞，只露出尾巴，却用独特的叫声将我的脚步一次次地挽留。家麻雀显然是这里真正的"地头蛇"，一只雄鸟领着众多宠妃，在林间草地上自由自在地享受着一切，视我为空气。

昨天的雨已经将天空中的沙尘暴变成了地面上一层细腻的黄土，此时的乌鲁木齐，空气很透明，阳光刺目，风很凉爽。我那颗原本因担心天气会继续恶化而揪起来的心，也在鸟儿们的飞舞中渐渐舒展开来。

一只㭎䴗跳到我的眼前，我的拍摄引起了一位阿姨的注意，她说没想到这常见的小鸟靠近了竟然也那么好看。

阿姨早过了退休的年纪，当年从北大医学院调过来援疆，之后便扎根于此。她问我新疆好不好，我说好。她说新疆是真的美，又说眼前这些都是他们亲手缔造的，所以由衷地自豪。

三

新疆博物馆里，楼兰美女虽是干尸一具，却依然风姿绰约。穿梭于数具毛发肌肤保存完好的古尸之间，我觉得自己似乎有点打搅了他们的安睡，又恍惚感到他们还在喃喃呓语，想告诉我历史的只言片语。

站在那些拨去黄沙掩埋之后重见天日的丝织品面前，繁丽精妙的纹饰、历时千年美艳如初的色彩，早已令我挪不动脚步。这一切，又如何不令当年丝绸之路另一端的人们如醉如痴？

　　于是有了商队，有了番佣，带着笑，带着泪，带着迷茫沮丧和豪情满怀，将岁月里的驼铃声带到我们面前，一步一个夕阳如血，一摇一场风沙静、胡笳响。还有更远古的陶器、上古的岩画，流动的曲线拙中见美，狂野背后是生存的欲望和对天地本能的敬畏与探索。

　　离开新疆博物馆的时候，一只欧乌鸫从眼前飞过，这广布欧亚大陆的鸟儿，想必千百年来的那些商旅、官宦也曾见过。它是杰出的黑色歌者，总会给人以意料之外的动人之音。可芒种过后，它便倾心去抚育后代，于是原本贯穿欧亚，给了多少商旅乡愁慰藉的熟悉曲调，忽然间悄无声息了。怅惘之余，古人记下了这一天：乌鸫感阴而止啼。

四

　　从新疆国际大巴扎出来，我已经被各种色彩震晕了：彩虹般的丝绸、华丽的挂毯、五彩的维吾尔族小花帽、硕大的各种干果、锃亮的金属器皿、奇特的民族乐器等等。少不了美食：烤羊肉绝对滋滋地流油、烤包子是五星级的味道。减肥做什么？不吃成胖子不是对不起这些美食，是对不起自己的良心。这是完全不同的世界，是帅哥满地、美女如云，是时间在这些美好面前变得凝滞不前的世界。

　　回想起红山公园里的那些鸟、新疆博物馆里的历史遗迹，战伐与争斗在这片土地上不曾停歇，但是各种交融却始终可以绝地而

一场浑浊的雨之后——初见乌鲁木齐

生，或许这才是新疆真正的魅力所在。她的美囊括了雪山草原的壮阔、戈壁荒漠的悲凉，她有湖泊的深邃，亦有大河的延展。新疆有句谚语"天山雪松根连根"，如此众多的民族，就像那些不离不弃的鸟儿一样，人们生于此老于此，定然亦能不负于此。

2015年6月

槲鸫(dōng)

来一点点冒险

哈密的瓜还没到最甜的时候，鄯善的瓜已经甜到让人顾不上说话了。在戈壁滩的烈日之下，躲在车门的阴影里，将哈密瓜大卸八块之后大快朵颐，看着自己晒成烤肉色的胳膊和金色的瓜瓤形成鲜明的对比，实乃人生一大幸福。

新疆的瓜果甜，新疆的美食多，来之前就做好了胖三斤的心理准备，结果胖了六斤。我知道减肥不易，然而——鲜嫩多汁的手抓羊肉、清香的小白杏、脆甜的油桃、一口咬下去满嘴香气直接灌到肺里的薄皮包子，就连馕饼这种看上去干巴巴硬邦邦毫无创意的大路货，勉为其难地咬一口，竟然是奶香扑鼻。整天都被诸如此类的美食包围，再想想下一次这般时时唇齿留香也不知道是哪个年月之后的事情，如何还能管得住嘴、顾得了胃？

　　此次来新疆，我们一行数人各自的首要目的并不同，有的只为观赏风景，有的视观鸟为第一，还有人最大的愿望是遇到大型兽类。这些好协调——鸟兽之居大多远离人类，亦是大美之地。可对于美食，众人并不都能达成统一——天南地北凑在一起，口味自是五花八门。起早贪黑的观鸟行程要求我们一路上都是尽可能"快"地解决吃饭问题，来碗拌面是最常见的选择；也有去小酒馆里点菜吃顿像样的时候，不过多半是因为那天没有看到什么鸟，观鸟活动早早结束。似乎一日之内，鸟与美食总是无法兼得，不免有些遗憾。

　　真心"鄙视"我那几个队友啊！你瞧瞧，又是一脸可怜兮兮的模样，小心翼翼的语气，就是为了让老板娘能往咸奶茶里放糖，全然不顾店中众人奇怪的眼神和忍不住的窃笑。改变口味是很难的事情，尝试新的口味不仅需要放下自我的执念，也需要承担或许不那么愉快的后果。可你能来几次新疆？能吃到几次连名字都叫不上来，也不知道该怎么吃，甚至连是用啥做的都不知道的东西呢？何妨来些许"冒险"，人生会多很多精彩，不是吗？你看，那个哈萨克美女看着你们对着"包尔萨克"不知如何下嘴的囧样，又忍不住偷笑了。她笑得真好看！所以……你们随意吧。

　　作为一名吃货需要点冒险精神，观鸟更不必说。就像那天晚上，我们若不是市郊公交车转长途公交车，再转出租车，然后包越野车，最后徒步翻过沙丘，棕薮鸲哪里就能在清晨的第一时间，在红柳和梭梭背后的朝阳还是一脸的睡眼惺忪之际，等我们一露面就跳上枝头冲我们放声歌唱呢？一夜的辛苦全都值了。

　　它美吗？勉强吧。褐色的身躯，尾巴若是张开，倒也像一把镶嵌着白玉边的橙色折扇，可也仅此而已。歌声也算动听，但是并不比随处可见的新疆歌鸲婉转，当然后者更加，怎么说呢，朴实无华？

我们如此周折就为了它，值吗？小七肯定觉得值，因为在他心中，鸟是第一位的。我也觉得值，因为这地方我自己一个人断然是不会再来的。既然一生可能只来一次，还看到一种比较罕见的鸟，有何不可？更何况有多少人也曾来到这沙漠中，夜里忍着蚊叮虫咬、床榻凌乱、鼾声震天，白日顶着骄阳似火，干渴难耐，却半眼也不曾见到棕薮鸲的影子。我们是幸运的：临时改变的行程，却有意料之外的收获，连棕薮鸲的巢都在无意中看到了，以至于大家都觉得"略欠快感"，还不如后来在它附近一只被我们惊飞的毛腿沙鸡让人激动。

"一切都来得太容易"只是一种幻象。且不说那日众人奔波的辛劳，以及一遍又一遍接受安检的繁琐，若不是小七和若晗、丫丫他们不厌其烦地各种联系、问询、打听、反复商议，我们又怎么可能最终顺利抵达路面如此坎坷，以至于当地司机都晕头转向的古尔

某沙蜥

刺旋花

班通古特沙漠深处呢？

　　古尔班通古特沙漠边缘生长着一种小灌木，嫩小的绿叶被坚硬锐利、张牙舞爪的刺包裹着，这便是骆驼刺，因为只有骆驼粗糙又柔软的舌头才能吃到这些绿叶。刺旋花也是如此，它张牙舞爪的棘刺本只是保护它自己的美丽，荒漠却因此艳丽。在荒漠中，小小的沙蜥被我们发现后，大多都会快速地躲进一簇骆驼刺或者刺旋花里不出来，它分得清什么是真正的冒险，什么是可以信任和依赖的。就像我们这个临时凑起来的自然观察团——素昧平生的相逢，看似有一点点冒险，而且一路上各自亦有众多的意见和看法，但对于小七他们几个年轻人的整体计划和安排全都是毋庸置疑地信任，这正是我们最终收获良多的保障，也是结缔情谊的基石。

　　新疆的"冒险"之旅，一旦开启，就停不下来了……

南山，起点与终点

如果说，我的第一次新疆行是一本内容丰富的书，南山便是印制在腰封上的书摘，打开它，你才能够一窥端详。

刚刚还在乌鲁木齐热烘烘、闹腾腾的车流人浪中喝着格瓦斯①，现在车开着开着雪山草甸就扑面而来。阳光亦跟着透明起来，带着青草香味，像坐在我旁边维吾尔族大妈的笑容。她告诉我她是去南山泡温泉的，问我们是否也是同往。

我们没有心思去享受温泉，因为一下车发现这里景区大门上赫然写的是"西白杨沟"，而我们计划要去的地方是"东白杨沟"。逆光下，高高的山梁好像一个巨大的人影，带着让人心烦意乱的嘲弄。

---

① 一种新疆常见的自酿饮料。

南山，起点与终点

然而这里风光如画，我们又是第一次来新疆，看看环境也不像没有鸟的样子，索性将错就错，一车人照样雀跃不已。

果然，下车就有鸟。

西方毛脚燕将家安在停车场的房子屋檐下，垒窝育雏繁忙不已，钴蓝色的身影在眼前来回飞闪。牧民的毡房四周，黑鸢或盘旋或停留，近到可以用手机去拍摄。小嘴乌鸦在开满紫色报春花的山坡上掠过，有时又如顽童般相互追逐，而那些花上，艳如宝石的昆虫们正开始做着春天的美梦。

真正的惊喜从一根纤细的杨树枝开始。林鹨，论外貌，它甚至比不了树鹨，树鹨好歹还带着几分绿色，它就像树鹨在黄土里打了个滚。当真是春天的魔力啊，一亮嗓子，那些在南方越冬的树鹨立马完败（它们在我的记忆里，全都是哑口无言，只知道在林地里吃吃吃）。这充斥山谷令人耳愉心悦的歌声，如山风绵延不断又时时变幻无常，就算画眉来了又如何？人不可貌相，鸟亦如是——这次

雪岭云杉

南山峡谷风光

在新疆，看了近两百种鸟儿，个人加了近八十个野外目击新记录，最大的感受，莫过于此。

  树枝并非只是林鹬的舞台，灰白喉林莺也是这场山林歌剧主角的有力竞争者。实际上，金额丝雀也来了，它虽然没有动人的嗓音，可凭借着花容月貌，也时时企图独占高枝。穗鹛妈妈尽管拥有苗条妙曼的身材，可是已经退出了炫耀的舞台，带着宝宝的它已经全心全意回归家庭生活——本该躲在路边石头缝里的雏鸟们，时不时地就跳出来乞食，一副嗷嗷待哺的样子，它怎么可能还有心思还去和其他的鸟儿争奇斗艳？

  游客向左，我们向右，因为右边有森林，有水沟，有草原，最关键的是，有飞鸟的影子。

  可是，你不可能不先伏下身子去看那些花儿啊！像暗夜里闪烁的星星，像梦河里翻涌的浪花，像爱人多情的眼睛，它们小小的，可充满了力量和诱惑，仿佛在喊着："你看你看，整个草原都是我的。"于是我们趴在地上，用匍匐的姿态去仰视看似孱弱瘦小的它们，巍峨的高山随即映入镜头。哦，我找到了，那才是它们骄傲的源泉！

  山高无树，色幽如铁。再仔细看，白云如薄纱轻依，有猛禽似魅影划过。

  这猛禽的翼展并不算宽大，却翼指怒张霸气隐现。它御风极速而至，我们刚回过神来，它已从眼前平平掠过。众人正惋惜未能看个真切，它尾羽轻摆，翼指微拧，竟又盘旋而归，与我们正面相向而来。啊！双肩各有一个犹如车灯的白斑，是靴隼雕！我们抑制不住心头的激动，它似乎也很开心——在我们的头顶盘旋良久，时不时地还来几个花样转身的动作，恍惚间让我觉得它像一个宠物。来新疆之前，靴隼雕被我们放在目标鸟种清单上的"高难度"一栏，竟然被我们看到毛发可鉴的程度,醉了,醉了。

我们的目标鸟种清单上还有一种有趣的鸟儿——白头鹀。在新疆,白头鹀并非太难见到,但是我喜欢它白了少年头的模样。小时候常被父母教导"莫等闲",偏偏我如今就是个闲人,在同龄人事业有成阖家欢愉之际,我在山水之间浪费着大把光阴。山水有情,然而并不能陪我到老,于是,我只好用青春来陪伴它们。白头鹀如约而至,它的歌声纤细,有着规整的节奏,然而最后却连着一个突兀的变调,仿佛终究不肯接受束缚,倔强地,定要唱出胸中情义。

几只林岭雀从云杉林里飞出,花袍子上画着类似燕雀般的花

金额丝雀

纹，色彩虽有些黯淡，却让我想起小时候的一户邻居，一家人虽不富裕，衣着却永远素净整洁，让人现在回忆起来都觉得舒服。

上天待我们不薄，河谷上方的山峦之巅，忽然出现了一只，不，是两只，三只马鹿高高昂起的头颅。还能有比这更激动人心的事情吗？要知道在此之前，连看到旱獭，这草原上不时翻滚的肉浪，都会让第一次来高原的鸟友们激动得忍不住喊叫起来。马鹿啊马鹿，你们平静而优雅，我们的心跳却已汹涌澎湃。

马鹿的出现将南山观鸟推上了一个几乎无法超越的高点，于是我琢磨还是去看看风景吧，好歹花了好几十块买了门票。小七、若晗几个终究架不住我的软磨硬泡，还被我拐到"马道"上坎坷而行。路虽难走，但大家伙一路心情都很不错，因为看到了仿佛林中白衣少女的铁线莲，在塌方的砾石滩上找到了正在绽放的粉红报春和众多叫不出名字的野花，还听到不少鸟儿的鸣唱，可最终却全都傻了眼——一道激流将去路彻底拦住。

那本是一泓清泉，却因为前几日的降雨变成了让人无奈的"拦路虎"。可恶的是有两个掉队的队友沿着大路追赶我们，正好看见我们困顿于此，一番大笑，拍摄我等囧状之后竟然舍下众人悠然而去。哎，掉头吧，既然前路不通，回头，便是前路。

老老实实地沿着大路打量着这天山的谷地：云在山谷上空飞动，流水在脚下带着寒气奔涌，巨石在河谷中矗立，山坡上森林与石滩交错。我很想去那山顶，俯瞰众生。

脚力尽时，隐匿在山谷中的巨瀑也终于呈现眼前——高崖之上，银龙探底，震耳欲聋的水声充斥耳膜，水沫如细微寒冰将周身的暑气吞噬殆尽。那一刻，我相信在有情人眼底，是看得见彩虹的。

后来当我们在北疆绕了一圈回到乌鲁木齐之后，我们又去了一次西白杨沟。因为我们的司机兼半个鸟导的张师傅听说我们错去了西白杨沟后,要带我们去"东白杨沟"看鸟,当然,停车的时候,他也傻了。后来才知道,景区的名称是最近政府统一定的,新疆本地鸟友嘴里的"东白杨沟"就是此处,无怪乎那天小七跟我说:"咱们来错了也无所谓,他们在'东白杨沟'看到的鸟我们都看到了。"

其实那天还有一种鸟没看到——三趾啄木鸟,这是我此行的目标鸟种之一,也位居"高难度"清单之列。张师傅的"糊涂"让我们在历经了两千公里的观鸟行之后又一次来到南山。森林里传来三趾啄木鸟铿锵有力的啄木声,众人已经有些疲惫的身心再度亢奋起来。它起先躲躲藏藏,最终给所有人来了个完美亮相:八米外,无遮挡,望远镜里三个"爪子"清晰可见,虽然只是一只雌鸟,但谁也不敢再奢求了。

张师傅五十出头,小时候随父母来到新疆。他人很好,话不多,但西北人的实在就写在每一天的日常之中。我们在车上困倦之际,他依旧边开车边留心路边的鸟况,生怕我们错过什么,沿途不少鸟都是他第一个看见的。最后一天我们因故取消了包车,他听说我第二天便走,原本不打算去的一个鸟点,中途拐弯又去了,全车鼓掌。褐头鸫就像是张师傅家养的一样,很配合我们的到来——夕阳下,在粉红色花海的背景前,它用最璀璨的金色身躯和华贵的头羽,给我们此行定格了最后的回忆。当然,也有点小遗憾——车厢狭窄的空间里一时人头攒动,若晗没来得及看。好在"朱大师"拍到了最佳版本。这一路走来,大家都已是朋友,堪称"自家人","你看到就等于我看到"。所以说:观鸟的收获,往往并不限于鸟。

南山是一个起点,也是一个终点。岁月轮回,有些事情是冥冥

褐头鹀(wú)

中注定的。你我所需，不过是让自己的心境能够时时调整，在人生的各种"无奈"中，如流水过石也好，似风入松林也罢，但求"无痕有声，声中有情"便是。

2015年6月

白鸟湖与蘑菇湖

一

　　白鸟湖不大，就在乌鲁木齐市郊。
　　新疆适宜人类居住的地方由一块块绿洲组成，出了绿洲，绿色往往会沿着一道笔直边界戛然而止，随后接管一切的，是戈壁大漠，是黄与褐统治的世界。中国大多数城市市郊那种绿草如茵、阡陌纵横的景象在这里是不存在的。白鸟湖周围，只有乱石横布的突兀荒山和低矮零星的荒漠植物，以及从头顶如万针扎下的炽烈阳光。
　　然而最刺眼的却是紧靠湖岸、居高临下的几栋还在修建的高层住宅楼，广告上赫然打着"坐拥白鸟湖"。我不知道在周边一片荒芜之中坐拥白鸟湖究竟有什么意义，难道湖边一小片在熏热的风中已有些蔫巴的芦苇

白鸟湖

丛就可以唤起飘逸的神思，构成虚幻的江南？空气中有一丝并不友善的气味——远处，化工厂的反应塔林立。

　　但是白鸟湖确实是吸引人的。严格来说，是白鸟湖吸引了鸟儿，鸟儿吸引了我们。或许正是因为周遭的荒芜，这里长期远离人类的骚扰，湖边有不算多但从未消亡的芦苇丛，每到夏季，众多的潜鸭、䴙䴘飞集至此繁衍后代。凤头䴙䴘、黑颈䴙䴘都已"变脸"[①]，一个向下留起络腮胡子，一个向上长出金色的耳羽；红头潜鸭、凤头潜鸭、白眼潜鸭不玩这些花样，高效率地忙着生娃，此时已然儿女成群。抬眼望去，一长串的小不点儿跟在父母后面排成一溜儿，在水面划出一道道涟漪。

　　我们到白鸟湖是为了看白头硬尾鸭——一种长得很像唐老鸭的潜鸭。全中国能看到它的地方没几个，白鸟湖可能是最容易到达的。

　　它就在那，我们在岸边用单筒望远镜很快就找到了。三只成鸟，

---

① 变脸，指这两种䴙䴘长出了繁殖羽。

涂满白粉的大饼脸上嵌着黑豆一样的小眼睛，还接一个硕大的蓝色扁嘴，像日本艺伎的装扮：奇特、丑陋，隐约里却又藏着几分诡异的美感。褐色的屁股上一根硬邦邦的尾巴不时地翘得高高的，有时候还喜欢大嘴朝天，快活地叫上几声，远远看去，像三只两头翘的小船。

白头硬尾鸭很少像其他的潜鸭那样远离浅水区的芦苇丛。世界那么大，它们并不一定就想出去看看，做个居家的宅男宅女也未尝不是一种幸福。更何况如今它们声名远播，"世界"自然会来看它们。

新疆的鸟友们已经为保护白鸟湖及周边的环境付出了很多努力，最终结果目前并不清楚。毋庸置疑的是：如果这个湖泊里的鸟飞走了，那么买了那湖边房子的人，坐拥的，不过是可以洗个凉水澡的水塘而已[①]。

二

蘑菇湖在石河子市，石河子市是新疆生产建设兵团第八师所在地。

蘑菇湖是人工湖，平原冲积扇上的一道大坝造就了这个大约四十平方千米的水面。车开上大坝的那一刻，我们惊呼看到了海。近岸绿草如茵，牛羊成群；湖面波光粼粼，百鸟翔集；远处水天一色风卷流云。景色之秀美，当真不让其他省市任何一个大型湖泊。

湖水退却的草滩上，不仅牛羊成群，靠近水线的区域，也是鸥鹭和鸻鹬们的天堂。只是因为这些鸟在东部沿海常见，所以并不能

[①] 在新疆的自然爱好者们和地方政府持续多年的共同努力下，2018年，白鸟湖被纳入当地的湿地保护项目，生态环境得到了妥善的保护。

白鸟湖与蘑菇湖

令我兴奋。近水处有一些明显的小石头块，连成一线，与水线并排。我走近一看，果然是巢区——不时地可以看到还没有孵化的鸟蛋，以及为了躲避天敌伪装起来纹丝不动的雏鸟。我刚提醒众人小心脚下，天空中那些鸟爸鸟妈们就已经极其愤怒了，绕着我们头顶大叫，声音里充满了无奈和着急。将心比心，孩子面临危险时，为人父母的哪能不揪心？我们赶紧离开。

领燕鸻是我们来蘑菇湖的真正目标。我个人对领燕鸻并无什么期待，因为单从外表上看，领燕鸻和东部比较常见的燕鸻几乎看不出什么分别，只是停下来的时候，飞羽的尖端相对长一些罢了。它们之间最显著的差别是三级飞羽外缘有一点点白色的边纹，对一只飞行犹如燕子般敏捷的鸟，这种差别几乎是肉眼无法分辨的。不消说，这会大大减少观鸟的乐趣。所以权当是"集邮"吧，多一个新

蘑菇湖

目击鸟种入账总不是坏事。

领燕鸻在国内其实很少见，平素里矜持惯了，一开始躲躲闪闪地不肯让我们靠近，见我们并不跟随，颇没面子，于是心一横，干脆落到了我们前方很近的地方一动不动，昂着头，摆出一副"我这么珍稀，你快来崇拜我"的傲慢嘴脸，任由我们看个够。无奈我们实在看不出它比普通燕鸻美在哪里。想起前两日在北沙窝的那只棕薮鸲，它们这两个稀罕物若是凑到一起，一定会感叹人类怎会如此肤浅，活在一个"看脸"的世界！

蘑菇湖的草岸上，有很多硕大的死鱼，它们或许是玉带海雕吃剩的猎物，更可能是因为湖水的严重富营养化窒息而亡。石河子市约有一半的生活污水未经处理就排放到这里，尽管有众多溪流汇入此处产生稀释作用，但反嘴鹬的大量集结显然说明这里的水质不容乐观[①]。

策马狂奔的年轻牧民惊起了原本在湖畔停歇的鸟群，宁静的湖面上空霎时如乌云集结，嘈杂声充斥天地。然而未几，几番盘旋之后，鸟儿渐渐落下，一切又很快地归于平静，只有几乎不露痕迹的波浪轻轻地随风涌动，泛起有些刺眼的光芒。回首，阳光下的蘑菇湖像草原上一滴晶莹的眼泪。

2015年6月

[①] 反嘴鹬喜欢在富营养化的水域里觅食。

乌伦古湖

一

在看见乌伦古湖之前,准噶尔盆地边缘绵延不绝的戈壁荒山使我的眼睛变得干涩;随后,不同矿脉在天地间迸发出的斑斓,又令其炫目;好在蓝天上如梦似幻的白云能让其舒缓;然而,当远处那一片明亮的粉蓝色映入眼帘时,我的双眸才懂得什么是滋润。

乌伦古湖,远远地,就无法自拔地爱上了她。

张师傅将车停在距离湖边很远的地方。公路穿过一座小山,前不知去路,后不见来途。路的两侧,除了与被截穿的小山相连的低矮山脉,便是广袤的草原。早春的草原还不够葱翠，却已开满了粉红色的小花。旷野之上狂风横扫，这些贴地而生的花朵虽然矮小，却个个傲气凛冽，宣泄着生命无穷的力量。

张师傅说山边有黄爪隼的巢穴。前几日我们已经在路上多次见过黄爪隼，我不想打搅它们育雏，所以决定去爬旁边的另一座小山，因为我想站到山头，眺望那粉蓝色的乌伦古湖。

没爬几步，风便大得让人有些站不住。我俯下身子开始手脚并用，其间却忍不住要停下来拍一拍身边的野花——这原野之上乱石之间的蓬勃生命，有着你无法忽视的精彩。感谢新疆的美食，让我没来几日便胖了许多，狂风虽大，但还不足以将我吹走。没想到，等我艰难地爬上山顶，却赫然发现前面还有一座更高的山峰！风越来越大，无情地带走身体的热量，在湖水的诱惑和冒险之间我开始权衡，然而脚步却并没有停止——或许这是一种本能，是源自内心深处的渴望。

当我最终以趴在山顶的姿势，费力抬头，将远处的乌伦古湖尽收眼底的时候，一只黄爪隼急速掠过我的身边。它已经被风吹得无法在空中保持骄傲的姿态，而我这一路衣衫鼓胀、弯腰屈膝、步履艰难，它见我，定然亦觉得狼狈不堪。然而在相视的瞬间，我们彼此是微笑的——没有嘲弄，亦非惺惺相惜，是天地当歌的会心一笑。

二

下山后众鸟友还在公路对面的区域观鸟，我询问大家有什么好收获，刘阿姨说有白顶䳭，我自然铆足干劲去找。葱哥和姗姗说就在附近，果然很快就看到一个黑白分明的小东西在飞，可刚停落还

乌伦古湖

不容我举起望远镜就又飞远了，我急忙忙跟了过去，未看见白顶䳭，却发现一只漂亮的鹀就停在眼前。"圃鹀！"我不假思索地喊了出来。

直觉往往是正确的，但是那需要建立在坚实的基础之上，我来此之前连功课都没做，这一嗓子吸引众人围了过来，结果只能是让自己贻笑大方。灰颈鹀，和圃鹀外表类似，只是后者喉咙是米黄色，整体也略艳，最关键的差异是生境，面对这荒山野岭，圃鹀是提不起精神娇滴滴鸣唱的。灰颈鹀瞪着大眼睛，既不言语也不惧人，和我们始终保持三米左右的距离，径自在石缝下、草根间跳跃觅食。未几，它的夫人也出现了，于是形影相随，比翼双飞。那边两位鸟友手牵手走了过来，问我们在看什么，我说："灰颈鹀啊，然而飞了。"他俩问飞到哪里去了，我指了指一堆石头垒起的坟冢。

白顶䳭也出现了，它忙着捉虫子回家喂宝宝，起先还对我们有所防备，并不肯直接回巢，总要先在外围停顿一下，看看情况，

灰颈鹀

后来习惯了，也就任由我们围观。只是这鸟儿雪白的头顶与从脸蛋到屁股全然的墨色构成的强烈反差，让我几乎无法看清它的眼睛，于是虽然很近，虽然看了很久，但是总有一种并没有看清楚的恍惚。或许眼睛真的是心灵的窗户，神意交流，缺之不得。

三

就在我心满意足地回到车上，将西红柿当水果吃得不亦乐乎时，越冬跑过来喊道："有石鸡！山上有石鸡！"我见过石鸡，可心底想着万一要是大石鸡呢，所以还是跟着众人奔跑的脚步屁颠屁颠地凑了过去，刚到就听见有人说："已经飞了。"

飞就飞了吧，反正我也无所谓。正想着忽然看见山顶处一只大鸟飞起来又快速落下，"在那！在那！"众人齐齐地喊着，话音未落，刘阿姨、小七已经冲上山去了。这一老一小只要遇到鸟还真就是个急性子！等我举起望远镜看清楚那不过是一只纵纹腹小鸮想叫他们回来时，一看两人已经成了山上的小黑点。想想这耳畔从未停止呼啸的风声，我决定不让自己的嗓子受累了，改用长焦端拍了一张他俩"会当凌绝顶"的伟岸身影留作纪念。

估计他们下山还有一会儿，我便用望远镜在山坡上漫无目的地打量起来：乱石横陈，罅隙众多，繁花无数，视野里乱糟糟的看得人头晕。正欲放弃，忽然发现了一个飞影，循着见它落定，然而距离遥远，依然无法看真切。一方面，担心放下望远镜就再也无法在一片背景如此相同之地找见它；另一方面，靠近它是弄清楚真相的唯一选择。风险总是与收益相伴，"舍得"之法，无非先是一个"放下"，我赌这大风天里它短时间内不会再次起飞。

很幸运，多年的经验让我不至于"跟丢"鸟儿。一点点的靠近

（其实依旧遥远无比），等到相机终于可以勉强记录影像的时候，快速按上几下快门，然后重新拿起我的望远镜——欣赏。

背风的石凹里，哎呀，竟然是小俩口正在秀恩爱呢！厚嘴相互摩挲亲吻，情意浓浓。这鸟儿浑身淡淡的土黄色，不见什么美艳之处，唯有花白的翅膀沾染着些许粉红，算是不负春意。蒙古沙雀，此行的目标鸟种之一，就这样稀里糊涂又机缘巧合地被我收入囊中，之后再也未见。刘阿姨为此念叨了一路，让我以后记得有好鸟千万要喊她，只是，她照旧每到一地，一下车，一溜烟，就不见了踪影，我就算喊得鸟都飞了，她也听不见。

四

等我们真的沿着公路靠近了乌伦古湖的时候，反倒看不见什么了，因为茂密的芦苇荡遮住了视线，那湖水也只剩一湾荡漾的轻波。时间关系，我们未能去八百平方千米乌伦古湖最壮观的断崖北岸一探究竟，只在灌草丛生的沙质湖岸稍作停歇，然而大自然早已为我们准备好了一场波澜壮阔的表演。

事情得从葱哥说起。上海的葱哥和北京的关二号称鸟界一南一北两大"雨神"，走哪儿哪下雨。关二比我们早几天到新疆，带队的七日博物游下了五天的雨，被队员们天天威胁要暴打。后两天没下雨大约是因为葱哥也到了新疆，是负负得正的缘故。我给他俩在北沙窝拍了一张阳光灿烂的合影，弥足珍贵。等葱哥跟着我们离开北沙窝的第二天，还在北沙窝附近观鸟的关二打电话说他在沙漠里遇到洪水，被挡住去路了……我们都觉得如果想让罗布泊重现碧波，把他留在新疆就行了。

葱哥跟着我们，我们一路并未挨着雨，是否葱哥法力不及关二？非也。我们虽然头顶一片晴空，但随时随地环顾四周，无不阴云密布，黑压压势若摧城。开头几日受视野所限还不明显，到了这空旷的湖区，所见之场景，足以令人瞠目结舌。

乌云与四野连成了帷幕，我们恍若置身暴风眼里，闪电照亮远处的天空，狂风刚开始触及我们的衣衫，就迫不及待地卷起黄沙助纣为虐，我们不得不将相机和望远镜紧紧地包裹在衣服里免受其害。原本慢悠悠自由散漫的骆驼开始在灌丛里狂奔，棕尾伯劳的幼鸟嘶哑地呼唤父母，毛腿沙鸡急匆匆地从头顶飞过，湖面上原本翱翔自如的普通燕鸥此刻也像喝醉了酒一般摇摇摆摆，黑水鸡和凤头潜鸭赶紧躲进芦苇丛。

在生命受到威胁的最后一秒钟，我给葱哥拍了一张召雨的定妆照——背景是吞噬了天空的乌云，雨神葱哥神情自若嘴角微藏笑

普通燕鸥

意。我没有想到的只有一点：拍完照片，原本落在我身后的"大神"，跳上车的速度竟然比我还快。

空旷的公路上，落荒而逃的我们望着白浪叠涌的湖水和渐渐逼近的黄色天幕，毫无廉耻地，坐拥荒野"飙客"的自我陶醉。

算上之前的白鸟湖和蘑菇湖，此行三个湖泊，精彩和悲伤各不相同，不过在乌伦古湖大伙儿并没什么悲伤的情绪，除了葱哥——他唤雨成功，得意忘形，迎风撒尿……

2015年6月

胡杨林，难以拒绝的爱

绿色已老，枝干粗糙，即便有"新疆蓝"的天空和变幻的流云做背景，不是金秋时节的胡杨林依旧有点让人提不起精神。更糟糕的是，六月，无论是在乌尔禾的郊外、布尔津的额尔齐斯河边、还是阿勒泰成片的胡杨林里，观鸟都不是一件惬意的事情。并非鸟少，而是蚊子多，多到你想哭。

严格来说，它们并不是蚊子，是被称作"小咬"的蠓，一种叮咬时会引发剧烈刺痛感的小恶魔。当年我在东北读书，听老人家说过去兴安岭土匪有种酷刑：将人脱光了绑在森林里，一夜便被小咬吸成干尸。

防蚊水没有任何意义，最有效的只能是用厚衣服裹紧自己，头上再套个丝袜，哦，不，是防蚊罩。至于视觉效果？是一秒钟变蜘蛛侠的节奏。

小咬们找不着地方下嘴，转眼像发现了新大陆一般疯狂地进攻藏不住的双手——没办法，没有手套，可必须拿望远镜、端相机。仅仅在布尔津，我手上就多出了四十个红包，唯一值得安慰的是我对它不过敏，包虽多但不太痒，忍忍痛也就过去了。

但凡人受了苦难，便往往能有些收获。又或许，苦难本就是看护着珍宝的异兽，只有踩着它的身躯，你才能实现目标。胡杨林里，我们的目标鸟种们，正鸣歌轻唱，翩翩起舞。

白背啄木鸟最引人瞩目，黑白相间的花翅膀一张开便露出色如白雪的后背，相比之下，鲜艳的小红帽反倒没那么显眼。伴随着机关枪一样的斫木声的，是它怪异且不停的大叫。虬劲苍老的树林里，到处都是它的餐厅——吃货们大抵如此，只要可以吃得不亦乐乎，是不在乎被我们撞见难看吃相的。灰头绿啄木鸟的活跃不输于

白背啄木鸟

它，更有甚者，连巢穴也仅在一人半的高度，它还每每跳到我们眼前，让望远镜竟成了废物。

最让人激动的是小斑啄木鸟。

受不了小咬骚扰的我们正欲离开这片胡杨林，对讲机里传来发现小斑啄木鸟的消息，急忙忙又冲了回去。万万没想到，最先映入眼帘的竟然是葱哥的大屁股——独脚架和他岔开的大长腿构成了稳定的三角，后仰的脑袋、俯下的身子和撅起的屁股彰显了拍鸟能将人扭曲的最高境界，啧啧。

小斑啄木鸟没什么值得夸耀的花纹和色彩，不过，个头小就显得乖萌。它顺着一株笔直的白杨往上蹿，嘴里还叼着好几只蛾子，显然育雏才是当前的头等大事。我们在树下围着它或看或拍，却找不到藏着它的宝宝的树洞，这才恍然大悟——它是害怕我们发现宝宝的位置，所以迟迟不肯回家。当然不能让宝宝挨饿，于是两三分钟后我们全部撤离。

几家欢喜几家愁。

还没往外走几步，头顶忽然来了四五只黑鸢，盘旋、俯冲，还罕见地带着尖锐的嘶叫。与此同时，一个黑影猛地从身边的一株大树上蹿起，落在与我们一溪之隔的树上。

这是一只燕隼，如邪魅的锦衣公子，舔舐着带血的爪子。它刚刚离开的那株老树上，赫然是黑鸢硕大的巢，想必里面的雏鸟已经惨遭杀戮。难怪平素孱弱的黑鸢竟然一改常态，充满了愤怒的暴戾。只是那燕隼已然尝到甜头又如何肯轻易放弃？脸黑如斯，心肠亦是毒辣，它不肯远离，分明是企图找准机会再回去猎食。

胡杨林里蚊虫多，以此为食的小型爬行动物和鸟类自然也多，

褐耳鷹

进而，以它们为猎杀对象的猛禽也不在少数。燕隼是其中之一，褐耳鹰是其二，只是，要罕见得多。

如果说棕袍缁纹粉靴的燕隼是锦衣公子，褐耳鹰便是一介儒将——青灰长袍罩着淡粉胸襟，宝珠在额、目耀橙金，腿若长竹，爪如金钩，不怒而威。就连惯于欺负莺燕、流氓成性的大杜鹃，见它大驾光临，回避闪躲间竟也有些慌不择路，险些撞上一老枝横丫。

胡杨林里也是长耳鸮和纵纹腹小鸮的家。胡杨林下多是沙地，周围一般也有些农地，如果没有它们，想必跳鼠、沙鼠之流会活得滋润又放肆。我们并没有看到成年的长耳鸮，只看到一只尚且不通"鸟"事的长耳鸮宝宝。它在树上从没有停止过打量我们，炫技般以270度角来回转动大脑袋，忽闪忽闪的大眼睛魅力让人难以拒绝。四目相对的时候，我简直要钻进它深邃又充满好奇的眼神里。纵纹腹小鸮干脆从树缝中俯下身子探头观察我们，眼睛都眯成了三角形，可这一副奸猾的嘴脸转瞬间却因为打了个哈欠，又变得憨态可掬，让人忍俊不禁。

我们数次忍着小咬的攻击来到各地的胡杨林，还有一个原因——在胡杨林的灌丛中，隐匿着众多的一流歌手。赛氏篱莺、靴篱莺、布氏苇莺、灰白喉林莺、白喉林莺，谁唱起来都如清泉叮咚石上、流水润过心田，各具其妙。

靴篱莺如百变梅姑[①]，一连串带着颤音和口哨交织反复的短小章节，凑成华丽的长曲，令人如入幻化之境，应接不暇。赛氏篱莺的歌喉稍显低沉，频率却是极高，转瞬之间三五种变化已随风扑面

[①] 百变梅姑，是歌迷们对香港歌手梅艳芳女士的爱称。

而来，直灌入耳。布氏苇莺则仿佛是个浪子在调戏眼前路过的美女，哨声悠长而轻浮，偶尔还带着"啧啧"之声。灰白喉林莺的三个音节如层层叠起的山峦，在最后的花腔上，喉咙抖动得连肌肤都快露出来了。它都这么拼了，你若还嫌弃它唱得不够好，那就是你的不是了。白喉林莺虽然比灰白喉林莺看上去土气一些，唱功却胜上一筹，因为聪明的它比灰白喉林莺的调子起得稍微低了一点，自然后续也有更大的发挥空间，婉转多变似珠入玉盘、如风打铃铛、像冰弦乱弹。

和这些外表朴素无华的莺比起来，苍头燕雀红脸粉胸可谓貌美如花，只是叫声初听细腻可人，奈何翻来覆去只有一个撒娇般的节奏，听久了不免显得空洞乏味。

胡杨林边多河流，矶鹬是常客，白冠攀雀也不少，后者是身材娇小玲珑的工艺大师，柳絮、羊毛信嘴叼来，几多往复，几番辛劳，一个个侧开口的"布袋"便在河边杨柳的垂枝间悬空而成，那是它们的爱巢。不知是否因为河边的风太大，白冠攀雀的黑眼眶酷似摩托车手的风镜，平添了几分神气。号称万灵之长的我们对着那些巢端详良久，还是对它们的精湛"嘴艺"自愧不如。

遗憾的是，尽管叫声响彻胡杨林上空，我们最终还是未能近距离一睹金黄鹂绚丽的容颜。无论是额尔齐斯河如地母之慈爱汩汩流淌不息的布尔津，还是被如绿毯一般的农场团团包围的乌尔禾，又或者森林已然绵延成片望不到尽头的阿勒泰，胡杨林宛若一个心机重重的美妇，并不甘愿一次就向我们穷尽其魅力。她用小咬拒绝我们的深度造访，却又用鸟儿勾引起我们一次又一次探究的欲望。

我们还不曾有机缘在秋风长起时来此盛赞胡杨林黄叶漫天之绝

美，反倒嫌她当下有些"年老色衰"，她就将灿若金秋之叶的金黄
鹂雪藏起来任由我们苦苦寻觅也不能相见。是她胸襟狭小，还是我
们误会了她的心思——那声声入耳的鸣叫，其实是她一次次再相逢
的邀约？

你听！那密林深处，是谁隐约的歌？

在我最美的时候遇见你，那不是一场风花雪月的事，而是胡杨
林里三千年不老的传说。我一次次地离开，也定将一次次地归来
……

2015年6月

额尔齐斯河边的胡杨林

美哉,高山草原

新疆最美的是高山草原,其雄壮足以让人敬畏臣服,细腻之处又让人忍不住亲昵依偎。有如此吸引力,靠的当然不是暴戾的坏天气和让人不寒而栗的孤寂,而是其间万物透出的生命之力,是万类霜天竞自由的繁华生命所彰显出来的、天地间独一份的包容——即便是草原高处砾石滩,它的色彩也是时光留下的斑斓记忆,是野花灼灼风姿的绝佳映衬。

不说那么多了,说鸟。

转场。牧羊犬狂吠,牧民纵马飞奔,手底的套索不时抛出,将那跑偏的牛羊拽回正路上。牧鞭撕裂空气,响声在草原上回荡,就连我身边的长尾黄鼠听到也忽然立起身子耸耸鼻头,貌似冷静却在微微颤抖。不过等

高山草原・阿勒泰

它们看明白了这不过是家门口年年都发生的平常事之后，转头又凑在一起嬉闹打滚，将星星一般遍布的野花压在了身下。

爱唱"美丽的草原我的家"的不只是牧民，还有寒鸦。它们不像大漠上的渡鸦硕大到让人恐惧，也不像高山寺庙周围的红嘴山鸦那么狡黠，比起荒原上似乎被剃坏了头发的秃鼻乌鸦，它们看上去又漂亮许多。哈萨克族白色的毡房外面是它们最爱聚集的地方，这种高智商的鸟类，在草原上早已学会了与人类结伴而行。它们是令人讨厌的白眼贼，也是必不可少的清道夫，还是草原上小孩子们追逐的玩伴。那些抱着羊羔、脸上带着"高原红"的童年若少了它们，大约也是寂寞的。

白背矶鸫个头当然不能够和寒鸦相比，但是热爱草原的心大约是相同的。白、橙、蓝、黑凑成的外套在绿色的草原上显得很招摇，然而这天地间的舞台足够大，再怎么招摇也不为过。你瞧那比大地更宽广的蓝天之上，高山兀鹫、秃鹫像神祇俯瞰领地，带着骄傲的淡然掠过白云；草原雕如同御驾亲征的国王，所行如疾风，不怒而威；大鵟是将军，带着严峻的深情驻守一方；可惜，黑鸢们都是游兵散勇，甚至有些像盗匪，数量虽多，终究还是些乌合之众，连寒鸦都不大正眼瞧它们。不过也幸好如此，草原上的黄鼠们、鼠兔们才有了活路，这些小家伙似乎永远无忧无虑而且精神饱满，看，那边的野草丛里又闹腾开了。

高山草原上往往有一些小小的湖泊，间或出现一段奔腾的激流。前者多是湿地泉水汇聚而成，往往静谧如处子，倒映着雪山的容貌，汇聚着繁花的拥抱；也是鸟儿频频光顾的地方，或饮水消渴，或沐浴顾影；牛羊亦来，人马同往，一派祥融。后者则开山劈谷，坐拥两岸险峰青峦，来处激流飞湍，去路白浪翻涌，所有的倒影统统被敲打得粉碎，然后一股脑儿倾注成瀑布，白茫茫再也不辨天地，只剩下雷鸣震谷。如此境地，亦有性情剽悍的猎隼侧翼疾舞，鹊鸭躲在这世外桃源与爱侣双宿双飞，普通秋沙鸭与河乌在激流潜水，如闲庭信步，有些呆傻气的绿头鸭、琵嘴鸭，动辄在林缘外高飞。

最大的惊喜莫过于堰塞湖畔绿茵之上，白如石堆的不是尚待消融的积雪，而是大天鹅慵懒的蜷姿。我们守着耐心一点点靠近，等它们终于睡足了午觉，在湖面上跳起了情舞开始缠绵悱恻的那一瞬，早已准备好的快门响成欢快的小步舞曲。

草原上最美的是花。单单那些色彩斑斓的报春花、带着小帽子的马先蒿、还有很多叫不出名字的风信子、兰花之类，就足以让人脚步迟缓，不得不停下来顾影频盼。若是忽然间看到似锦缎裁剪而成的新疆芍药，开得比最绚烂的朝霞更加恣意奔放，还要楚楚动人，果真会一时语塞的——脑海里蹦出的就剩那一句：牡丹花下死，做鬼也风流。

花瓣深沉的紫，大约是每天晨曦时分，从刚启开的天幕上扯下来的，美得让人无法拒绝；花蕊金灿灿的黄，是蘸了日照金山时流淌下来的蜜汁，每看一眼，心都会又甜上一次。笼罩在新疆芍药的光环之下，叽喳柳莺也好、暗绿柳莺也罢，甚至稀罕的灰柳莺，在我看来都成了一个模样，任由它们费心费力在耳畔叫得热火朝天，大声告诉我它们是如何的不同，我也无动于衷。没办法，遍赏繁花的杜牧在二十四桥边见了芍药，连魂都没了，我能强到哪里去？

喀纳斯。图瓦族的村子背靠雪山，下临清溪，门外是草原，山坡便是牧场。我们步行其间，这里的孩子们策马奔驰。天蓝得不真实，看不到一片云，地上是龙胆花的世界，眼角是欧亚红尾鸲翻飞的身影，圃鹀的歌声响彻耳际。小木屋里的桑拿将所有的疲惫蒸得无影无踪，似乎永远都落不下去的太阳终于在晚上十一点收起了锋

新疆芍药

芒,世界从宁静归于寂静,但依旧不会寂寞,因为有漫天的星斗和流水的低吟。只在这里住两个晚上是不够的,但或许又是足够的,因为倘若待得久了,当真不舍得离开也是件麻烦事。

喀纳斯虽然名气在外,可适逢夏季,秋色斑斓之美无法显现,故而相比之下,小东沟的高山草原更令人震撼。即使是接近七月,小东沟里依然多处白雪皑皑,有些山路两侧的积雪足有一人高,我们激动地从越野车上跳下来,疯狂地拍摄或者自拍留影,仿佛再晚一秒钟,那雪就要融化了似的。在喀纳斯游览,路线都是在山谷里打转,小东沟则不然,我们的车历经九曲十八弯的颠沛流离之后,稳稳地停在了山脊线上,放眼四周:山如细浪,我们,行走在云端。

虽说英雄莫问来路,可我们上山的路精彩纷呈,不能不表。

小东沟保护区门口的灰眉岩鹀,任由一干人翻山越岭上下搜寻也不见踪影。我张罗着"大家别找了,赶紧上山"的时候,发现小东西就在我眼前二十米外的树枝上晒着太阳。清晨的光线、角度都刚刚好，它舒服得已然懒得理会我们，默默地做了一把看客——瞧着我们在它四周的山坡上来回折腾了大半个时辰，竟然是动也不动。到底是我们在观鸟，还是它在观人？这已不重要，重要的是雾霭流光的山谷晨色，此刻，我们共享。

严格来说，小东沟的山脊已经不算高山草原，因为海拔三千米以上的地方砾石遍布，更接近苔原地貌。那些苔藓绿的如碧玺，就连干枯的也带湖绿，死去的亦渗着墨绿，决不肯做平庸的装扮。砾石缝里，报春花终于可以避开风的呼啸，静静地舒展绿叶；草坡上，野罂粟在寒风中尽管略略有些战栗不安，仔细看，却闪耀着无比的自信和骄傲，如天庭的琉璃金盏、似佛前的普世明灯。它不屑于借助迷幻的种子去捕获世人的芳心，它只静静地等待，在你跋涉了千山万水，在你疲倦不堪的时候撞见它的惊艳，仿佛历经天启，在精神为之一振之后，不可救药地匍匐在它面前，竭尽所能地放低身姿，然后拍出一张蓝天和雪山只配做背景的照片。主角？当然是它。

只是我们原本期待的电影里，主角不是花，而是雷鸟，还有小嘴鸰。小东沟的苔原人迹罕至，鸟影也稀疏，雷鸟的保护色太过强大，没有火眼金睛的我们爬得气喘吁吁也只能望石兴叹。那些周身油光可鉴、长尾拖地的马儿瞪着大眼睛迷惑于我们的无奈。它们是被弼马温放牧天河悠哉游哉的天马，于这天地之间，饮雪水，沐山风，食嫩草，也许雷鸟就是它们身边的良伴，也许小嘴鸰就是它们漫步的同行者，然而这一切，对我们这些初次闯入仙境的人而言，是摸不着头脑的。我们能看到的无非是忽然飞来的一个小黑点，它立于岩石之上，对着雪色山峦唱出一曲春歌，如山涧水汩汩长流——高山岩鹨其貌不扬，仿佛一只黑色的细嘴麻雀，决计无法和

小嘴鸻(héng)

美艳的花朵相媲美，然而花无百日红，它却伴过春红，唱过夏绿，舞过秋风，迎过飞雪。高原之上的精彩，谁又能见得比它更多？

　　同行的人已经爬到高处，成了我眼底的一个个小黑点，那里已经没有绿色，即便打上了鸟人们执着的烙印，砾石滩上的世界依然近于荒芜。我总觉得雷鸟、小嘴鸻未必会喜欢那里，石缝里众多的昆虫和花草才是它们的最爱，哪有舍本逐末拥抱荒芜的道理呢？

　　找不到鸟，镜头就对着骏马，马儿终于明白我的心思，头一昂，顺着它的目光，小嘴鸻在乱石堆里露出眼睛。得意不可忘形，大喜之后更需要谨慎从事，我弯腰俯身，踩过坎坷，靠近一点，再靠近一点。渐渐地看见了脖子，渐渐地翅膀上隐暗的花纹和腹下的色斑印入眼帘，最后连脚趾头都一览无余，也不见它离开。我不免诧异，暗地里寻思，难道因为这是千年等一回的缘分么？

儿子娃娃

　　小嘴鸻很美，色彩犹如从深夜里苏醒过来的大地，金色映耀天际。相较于其他鸻鹬类，它远离海洋，又或许对身处高山之巅、被一览众山小的豪情充斥胸怀的它而言，这层峦叠嶂就是山之海，是它眼底大地的波浪。我无法和远在山那头的伙伴们分享与小嘴鸻四目相对的乐趣和激动，它只能独属于我，尽管无人分享会让乐趣大大降低，但是如果这是命中注定，那我也只好独自消受。

　　正想着要鼓足干劲，拿下雷鸟，抬头才发现就在我沉溺于和小

高原牧场·天山

美哉，高山草原

嘴鸦的相遇之际，天空不知何时已经乌云密布，尽管四周依旧蓝天澄明，头顶的乌云却厚重凝滞。大雨将至，万般无奈下只得掉头下山。未走几步，眼前猛地一亮，却是背后传来炸裂之声，转身又见一道闪电撕开乌云，落在山巅，那里正是伙伴们苦觅雷鸟之地。心，一下子就揪了起来。然而我无能为力，唯有祈祷。人的渺小无能在大自然面前尽显无疑，面对雷暴，我只希望他们不要开对讲机，不要打电话，不要将脚架高高地扛起。距离我们的车一百米

时，大雨倾盆而下，回首仰望，视线里整个山头都已隐匿不见，原本在山脊左右长空当戏的猛禽亦变得长啸急飞，惶恐不安。我翘首以盼，不愿关上车窗，任雨水渐渐变成豆大的冰雹借着狂风扫进车内。等云端之下终于出现众人狼狈的身影，那一刻豆大的冰雹打在车顶噼啪作响的声音，听起来竟然犹如黄钟大吕。

　　世界白茫茫一片，冰雹似珍珠遍地，在劫后余生的感觉中大家决定离开。无论是柳雷鸟还是岩雷鸟，据说都在我看到小嘴鸻的地方，小七和刘阿姨受不了一无所获的沮丧，又跳上其他鸟友姗姗来迟的车。我们作别在乌云戛然而止的半山，在开满乌头花的暗紫色山坡上，阳光很快驱散周身的潮湿与冰寒，而那遥远的山头，乌云之下寒风瑟瑟中依旧值守的鸟人们，你们还好吗？

　　无论是开阔天地的大美风景，还是精致傲人的野花野鸟，以及变幻莫测的风雨雷电，高山草原所蕴含的精彩和震撼，都需要你亲身感受方能深入骨髓。是夜十点半，从高山上回到宾馆的小七和刘阿姨带着兴奋告诉我们，他们终于守得云开雾散，看到了两种雷鸟，那种仅仅三秒钟的幸福，旁人或许并不能理解，而我，深深地懂得。

　　我从草原来，草原那边花似海……

2015年6月

荒漠有灵

　　我已经搞不清到底什么才能算作荒漠了。

　　寸草不生的戈壁当然是，偶尔还能看见几簇骆驼刺和梭梭的地方也没问题，开满粉色刺旋花的沙地呢？一汪汪清水如镜，灌丛长得比人还高的旱地草原又算什么？

　　还有盐碱地，白花花的远看似乎是水波浩渺，近看却是近乎粉末式的干涸，让人觉得身陷幻境。可是这里并不缺乏植物甚至水（尽管那是咸的）。鸟儿也爱汇聚于此，十多只蓑羽鹤在此育雏足以证明这里是重要的生命摇篮。

　　它们各不相同——唯一的共同点是头顶上空烈如尖刀的阳光——却统一被称之为"荒漠"。我觉得这不公平。是人类词汇的缺乏？还是仅仅源于我们的无知？以至于看不出生活于斯众多生命的别样精彩。

"往胳膊上撒上点孜然就可以将自己当烤肉，顺便解决午餐"的奇妙感觉，让荒漠之上的人类在烈日的炙烤之下很容易缴械投降。每到此时我便觉得人类实在太过脆弱，你看那些沙蜥，显然不在乎阳光的炙热：它贴伏在被融雪之水冲刷下来又在烈日中接受无情暴晒的砾石之上，或者在漫漫黄沙间昂起多刺的头颅，从容淡定。

望远镜里，隔着如洪水翻涌的热气流，沙蜥的眼神带着精明的算计。面对我们的围观，它并不慌于跑开，多半是干脆停下来，歪着头看着我们的镜头，甚至贴近过来，直到逼退我们，然后才猛然转身，一溜烟地缩进一团让我们望而兴叹的骆驼刺，再也不肯出来。

鸟当然不太多，荒漠伯劳、草原灰伯劳、红尾伯劳、黑额伯劳能够在此环境中还不时地出现在我们的视野，荒漠上的步甲、蝗虫、硕螽的心情想必是难以愉悦的。但是天高云淡，及时行乐才是最正确的选择，之所以忘却那些荒漠杀手尖嘴利爪的威胁，之所以忘情长嘶急唤，无非是爱，无非是生命不息，欢愉不止。

有这样积极的心态，世间哪还有什么荒原？

蹲下来，再看那些貌似千篇一律的红褐色砾石，个个都是妙物。无论是春华秋色，夏荣冬雪，天地间的色彩尽在其中，挑几个在手里，竟再也舍不得放下。

我知道做人不可贪婪，也熟知那沙漠里捡石头的古老谚语，所以只带了几块回来。如今，我看着那几块小石子静静地躺在家里的鱼缸里，幡然悔悟：这些美石若是有知，纵然眼前绿草葳蕤，鱼虾相伴，亦未必会觉得快乐。毕竟当初尽管半截埋在千年黄沙之中，

在双穗麻黄上爬行的硕螽(zhōng)

却可以纵情尽赏流云飞鸟，听风喜雨。

我们，并不能真的懂得别人的幸福。

但是，我们可以因为别人而幸福。

小宋是我们团年纪最小的高考党，高考结束的第二天就匆匆赶过来与我们千里相会。然而他关注的重点并不在鸟，而是在哺乳动物。所谓"一鸡抵十鸟，一兽抵十鸡"，显然，他的要求比我们高得多，后生可畏大约就是这样的感觉。

第一日我们在南山见了很常见的旱獭和非常罕见的马鹿，第二日我们在北沙窝看见了沙鼠，然而都不是小宋先看到的。第三日大约看见了耗子。第四天，在路边的旷野上，当众人看见赤狐慢悠悠地走过，他却因为慢了一拍再次错过的时候，腼腆的小伙子直接陷入了崩溃，嘴里开始周而复始地念叨："完了，没希望了，再也看不到什么了,大家都看到了,我连赤狐都看不到,没希望了。"

我这样的老人家哪里忍心看着小朋友陷入如此境地,心疼。于是安慰道:"那玩意挺多的,我以前在祁连山就遇见过,很近,夕阳下赤狐的毛色红中带金,眼神妖媚蛊惑,简直不敢多看,比今天这只瘦不啦叽的漂亮多了。"

小宋的眼睛不知道从什么时候变得有点发绿,他一定是被我的安慰感动了,真的。

是长尾黄鼠挽救了小宋破碎的心,尽管后来我们见了很多只,但他终于成了第一个发现者。端着相机的小宋在草原上兴奋地冲刺、减速、最后匍匐前行。黄鼠早就习惯了牧民在身边策马狂奔,对他并不畏惧:它们一会儿将脑袋缩在草丛里,急得小宋满头冒汗,一会儿又探头出来摆出一副呆萌的样子对他赤裸裸地勾引。

那一刻小宋一定是幸福的。在高海拔地区狂奔很需要体力,而

长尾黄鼠

噶顺戈壁上的老鼠瓜

作为长期惨遭蹂躏的高三党,他虽然年纪最小,却是体能最差的一个,十个小宋估计都比不过虽已退休但依然无比强大的刘阿姨。等他笑容满面气喘吁吁地归来,我拍拍年轻人的脑袋,关心地说:"还是先养养元气吧,你为啥跑那么远呢?我这个位置也有一窝,你看,十米不到。"

小宋大约是太激动了,感谢我的话半天都没说出来。

还是因为小宋,否则我对"卡拉麦里"没有任何期待。

从我们决定穿越准噶尔盆地的第一天开始,小宋嘴里便反复念叨这四个字。他的锲而不舍终于唤起我记忆深处的模糊点滴:一个保护区,位于大西北荒漠深处,可以看到很多大型野生动物,《中国国家地理》上有篇文章介绍过,写文章的人貌似还是一个熟人的朋友。

没错,那个保护区就是卡拉麦里。至于介绍卡拉麦里的那期

鸟友"小力水手"在拍摄蒙古野驴

《中国国家地理》杂志，前两天貌似我刚刚看过的。嗯，对了，就是小宋带上车的。

我果真老了，老得过目即忘，幸好有小宋。

其实大家都很期待。葱哥已经要求我们全团人就可能看到的第一种兽进行无奖竞猜了，然而刘阿姨很不解地说了一句："又不是鸟，有啥好猜的?!"

葱哥是一个不气馁的人，他决定将无奖竞猜的规矩改变一下——谁猜对了就请大伙吃西瓜——我们这个"不符合常理就是常理"的脑洞大开观鸟团，果然瞬间群情激动，纷纷开始遐想。

我是老实人，老老实实地说"野驴"。别人说什么我不记得了，因为我说完没几分钟，张师傅的车就停了。在我们左边的荒野上，一只两只十只二十只，哦不，有三十一只野驴正悠闲地在稀疏的草地上吃、吃、吃。

谁能想到真的就看到了呢？这些双耳高耸的蒙古野驴，完全不似陕北小毛驴的那般畏畏缩缩，它们高大威猛，膘肥体壮，等它们停下来远远地与我们开始一场旷日持久的对视时，那长长的尾巴在风中如拂尘出世，似天界神物。

除了继续保持高冷姿态对野驴不屑一顾的刘阿姨，整车人都沸腾了，小宋更是冲在了最前方。穿越卡拉麦里的公路车辆并不多，正好一车游客路过，顺着我们所指的方向，他们也饱了眼福。尽管他们没有望远镜，没有长焦镜头，可脸上的兴奋倒也不亚于我们。在大自然面前，果真每个人都是好奇的孩子，刘阿姨除外。

刘阿姨心底所有的好奇都留给了鸟，当我们在车上欢天喜地地竞猜下一个遇到的哺乳动物会是什么时，她话都懒得说。这次我真不知道要猜什么好了，就说："羊吧，或者羚羊。"

我话没说完，刘阿姨突然说话了。

"有鸟！树丛里有鸟。"

我往窗外看了一眼，哪有鸟啊？！不过是红柳灌丛边一个一晃而过的白色大屁股，可，那不是鹅喉羚才有的白色蜜桃臀吗！我定了定神（显然并没有）大吼一声："有羊！"

车"吱"地一声，停了。

鹅喉羚一路小跑，我们借着土堆的隐蔽正欲仔细观察，它回头了，还冲我们龇了龇牙，隐约带着诡异的笑。我们有些不解，就见它忽然后腿下蹲，屁股下沉，羊粪蛋蛋滚滚而出。就这样，我们被一头羚羊彻头彻尾地无情嘲弄了。

等我们发现另一个方向还有一只鹅喉羚在觅食的时候，才意识到或许它的离开和肆意，只是为了保护这只看上去温顺得多的母羊，想让它可以安安静静地在白云的影子下悠闲地待上一会儿，让微凉的风轻抚过它优雅的背弓和长长的睫毛。

刘阿姨不情愿地立功了，小宋脸上露出了踌躇满志的微笑。我们沉浸在刘阿姨赐予的幸福当中，却没心没肺，全然不理会她依旧没有看到期待中蒙古沙雀的焦虑。

可话说回来,角百灵、草原百灵她这一路可是拍到手软。我也没能看到盘算中有着火眼金睛的漠地林莺,甚至特地在大漠上唱了一曲摇滚(大号)以便集中精力关注眼前灌丛的每一个细节,也没用——除了蚊子,照旧一无所获。这,算扯平了么?

车开出了卡拉麦里,驶进了古尔班通古特沙漠。路两边的沙丘已经被人工固沙埋植的荒草锁死,再不能兴风作浪去打搅人类的幸福。先前我的愿望——看到"如凝固的翻滚海浪一般诗意的沙丘",成了"失意"的泡影。就这样,我们真真切切地穿越了整个沙漠,然而,好像只是一场梦。

只是谁也没想到,梦醒的时候,等待我们的竟会是一个魔幻的世界。

2015年6月

准噶尔盆地中的海市蜃楼现象

地涌五彩

告别新疆，回到温润潮湿的厦门，在蔚蓝色的大海里畅游之后，也许是因为长途旅行的疲劳还未消尽，躺在树荫下的沙滩上，吹着微凉的海风，竟然不知不觉地睡着了，梦里，不出意外地又回到了新疆，那个色彩宛若魔幻的地方。

写过了湖泊、写过了高山草原、写过了荒漠，毫无例外，它们波澜壮阔，但不可否认，它们缺少斑斓的色彩。或许你不能同意这一点，毕竟"波光倒影、水碧天蓝"，毕竟"绿草如茵、野花遍地"，毕竟"漠上有灵、石生五色"，这些统统都是我在前文里刚刚描绘过的。

但你有所不知，所有的这些色彩，或偏于单调，或略显素淡，或过于凌乱混杂。新疆，最瑰丽多姿的，并非草木葳蕤之貌，亦非百花盛开之芳泽，而是大地袒露的胸怀。所有一切色彩，在赤裸裸的岩层和土壤面前，都会显得单薄，因为那才是孕育众多繁华的根基，是万物缤纷的色彩之母，耀日月之光华，涌天地之精粹。

毋庸置疑，是丰富的矿藏和复杂的地质运动造就了这壮丽的画卷。

这画卷绝非《富春山居图》那样柔软的笔触能够表达，亦用不着披麻、雨点、卷云、斧劈等皴法技巧，它所需要的，是雨水的冲刷、风沙的雕琢，还有时光之刀的孜孜耐心。假如将有着浓艳色彩的《鹊华图》放到这千里画卷面前，你会发现这千古名作顿时黯然失色，因为在新疆，这干涸大地上翻涌的土浪石涛上所凝聚的色彩，并非是浓缩，而是无尽的渲染。一眼就醉到天荒地老。

自然是最伟大的艺术家，亦是睿智的心理学者，它用永恒的色彩慰藉这片土地上生命的荒芜。

乌禾尔魔鬼城

从石河子到克拉玛依的路边，烈日死死地摁住车上的窗帘，然而大地从缝隙中闪现出的一道道靓丽身影让人欲罢不能，于是任由刺目的阳光"哗"地一声撕开窗帘，让那粉的浪、红的波、褐的纹、紫的片、黄的线、黑的块统统跳入眼底！是的，还有永恒的蓝天和白云，都化作快门声，声声入耳。

被这一道道色彩的洪流包裹着的克拉玛依，是一座因为油田而诞生的城市，没有水源。那些叩头机、化工厂、采矿场无不表明，人们或许更在意这色彩背后的经济价值。

我无法改变这个事实，只好换个角度去想——这些色彩不仅仅是上天用来慰藉人类，而是完完全全地养育了一座城市里所有的生命。慰藉与滋养，后者显然更加慷慨伟大，只是，我们该如何感恩和回馈呢？

行走在新疆的很多地方，脚下是玛瑙的海洋，是荒漠玉石的世界，仿佛步履生花。然而这些并不足以让人忘记干燥的空气、炙热的阳光和窒息的高温。唯有云雀一飞冲天，歌声响彻云霄的那一瞬间，才让人意识到真正的天地之灵，是鲜活的生命。

可那些色彩的生命又在哪里？

在乌尔禾的魔鬼城外，美景早已让人忘记了守候大鸨未果的沮丧。金色的山丘裹着酱红与雪花白交织的纹理；浅水微澜，却以囊括的天空之蓝，荡漾出大海的气息；去年的荒草在风中如铮铮铁骨，今年的却郁郁葱葱藏虫纳蚋，引得黄头鹡鸰频频光顾。

夕阳之下，白云如莲花覆顶，山间千尊金佛隐现。此景当前，手中无酒亦可饮风长歌——壮哉，魂飞扬！美哉，神何往！

五彩城，沙漠之中的瑰丽世界，真正的魔幻王国。

在寸草不生的黝黑山间，天地突然大放异彩，容不得你拒绝。除了那个任性的宙斯，用油画笔蘸着打翻了的调色盘在大地的衣衫上肆意涂描，我实在是想不出谁还能画出这样疯狂的杰作！

如今回忆起来，脑海中都是山谷中闪耀的、犹如五线谱一样流淌的色彩，无穷尽；可再仔细回想一下，那些色彩似乎又环绕成一个个轮回，无穷无尽。当真是佛法虚空？还是我心生幻象？

依稀记得那山谷间驼铃声声，一队人马从远古走来，气宇轩昂，神情朗朗。一袭袈裟之下，是玄奘归来的踌躇满志，是慈悲心的坚毅不拔。究竟是在拍电影，还是千年的穿越都已不再重要，夕阳映照在玄奘不再年轻的脸庞之上，他的背后，是一个绚烂无比的世界。

后来在哈密的魔鬼城，因为天气原因，并没有看到夕阳，天空中涌动着骇人的乌云——这在以干旱著称的哈密是极度罕见的。魔鬼城也因此失去了华丽的色彩，变回沙土的颜色。

然而你只需再走近一点，那些沙土的明亮还是会让你精神为之

吉木萨尔五彩城

一振，从土褐色到极淡的粉黄色，它们所呈现出来的精彩，是已经融进了被风雕凿出来的各种形态当中，成为一种牵引和导流，勾着你的目光，直到天边那朵紫色的乌云，荟萃了世间最诡异的美。

我醒在玉轮高挂的夜晚，眼前的海面上一片银光泛滥，这一场大梦之后，我想，我大约是懂得了色彩的生命究竟在哪里。

它长于天地，却活在天地之间的人心里。只要你明白一个多彩世界的珍贵，它便是你我，是儿时的梦幻，现在的日常，是明朝永恒的希望。

2015年7月

小别新疆

　　我已经搞不清关于新疆的游记是否写完了，毕竟这是在期盼了十五年之后一场历时一个多月的旅行。

　　从乌鲁木齐回到厦门后的第三周，收拾行囊，我又一次出发。先到四川，然后北上甘肃，旋即西进青海，围着柴达木盆地绕了一圈，在可可西里的边缘与藏野驴默默对视，藏原羚在眼前飞奔，远处的高山草场上，野牦牛在闲庭信步。那些雪山、草原、荒漠、戈壁、沙丘恍惚间让我感到依旧身处新疆，那个大得似乎一旦来了就永远都走不出去的新疆。

　　我肯定还会再去新疆的，毕竟这次为了观鸟，行程中很多绝佳的地质景观都只能擦身而过。而关于新疆的鸟，也觉得总该挑几种好好地写一下，如果不是为了追寻它们的翅膀，那些地方不可能出现在我的生命中。所以，我写这些自然行记时的心情，尽管掺杂了很多世事感叹，但出发点则多半是为了感谢这些鸟儿——是它们，给予我奔向远方的永恒动力。

  东天山北麓水草丰茂，站在山下会让人觉得自己回到儿时，面对着高冷伟岸的父亲，信赖与距离感、威严与呵护并存。再往北，是冰川融水汇集的巴里坤湖，很美，不过附近还有一个小一点的幻彩湖才是仙境——似一片霓虹轻轻地飘落在草原上，像风过桃花盛开之地撩起的粉色涟漪。

  幻彩湖在满脸褶皱的群山环绕中静静地舒展着，与湿漉漉的草甸携手相伴，给了西黄鹡鸰和角百灵一个可以玩到不知疲倦的游乐场。这两种鸟儿在西北草原比较常见，一个黄澄澄的好像会飞的细香蕉，另一个胖墩墩是带着粗大黑项圈的总角小儿，因为都很活

哈密魔鬼城

泼，所以看了很多次也不会觉得厌倦。

新疆给人的感受大抵类似——尽管任何一种地貌都占据了无比之大的空间，陷入其中不免觉得单调，可那单调之下，贴近了看，还藏着无数让人着迷的细节——草原无尽的绿意之下，是百花盛开的绚烂；戈壁滩的遍地沙石中有沙蜥疾驰、硕螽鸣唱；即便是那些石头，也是五彩缤纷，个个都是美意绽放。

所以我的朋友，脚步莫要匆匆。时间如流水，你若得意咆哮，得到的只能是浑浊不堪的记忆，细水长流，潺潺叮咚之间，才有天籁余音绕梁。

我的表哥前几年因为工作关系来到哈密，他也是爱玩之人，可一来忙碌，二来本能地被绿洲之外的荒芜阻挡了步伐。这次我去，哥俩正好一路探索，我是赞叹，他是惊喜，只是他的项目已接近尾声，那些惊喜，旋即都成了吐槽沙尘暴之后的种种眷念和不舍。

可是毕竟是我要先离开新疆啊！表哥还有时间去听哈萨克族小伙弹琴，看维吾尔族姑娘跳舞，吃小花帽大叔做的烤肉，然后在山风穿过的林间空地上，美美地睡上一个午觉，而这一切都只能是我的回忆了。

真的吗？

新疆行后，波斑鸨还只是一个传说，黑百灵依旧是我幻想中中世纪的铁面武士，金黄鹂丹唇未现笑先闻，却始终避而不见，小滨鹬无影无踪，玉带海雕飞过苍穹却并无留痕，褐头鸫不过是惊鸿一瞥，就连寻常见的蓝胸佛法僧，它的眼神究竟是清澈如菩萨还是浊如世人，我还没能搞清楚。我把一台对讲机丢在了岩雷鸟隐匿的高山，如今在家里旋开另一台，寂寥的嘶嘶电流声隐约耳畔，仿佛是大山对我的呼叫。

所以，我忽然明白表哥比我更加留恋新疆是很正常的，他还要

在甘肃马先蒿花丛中捕食的黄头鹡(jī)鸰(líng)

  去其他的地方继续忙碌，前方尽管有新的风景，但是时间之河在新疆已经流过。而我，作为一个旅者，时间是伴着自己的脚步流淌的，它是我孤独的但毫无疑问也是最好的朋友。

  新疆那么大，不，世界那么大，我想去走一走。

2015年8月

64 尼雅河湿地

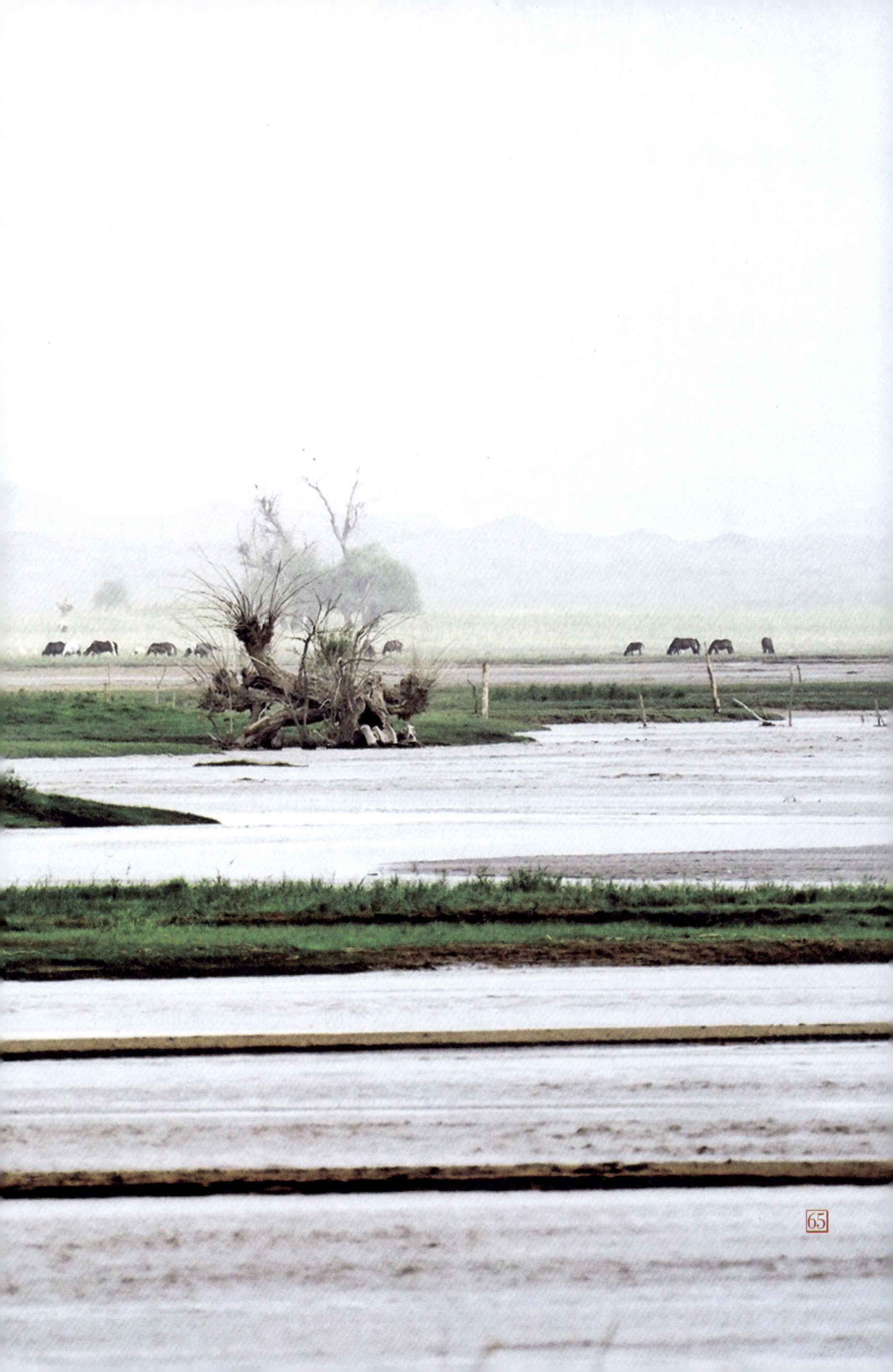

胜利达坂的风

天山真的在天上。

鲜有人问津的战备公路上,我们正急速爬升。向车窗外远眺,风景壮丽无比,只是千万不要往下看,小心你的心脏承受不住。砾石滩上冰雪皑皑,山中迷雾如魅影相随,寒气透过车门渗进来,紧裹秋衣已经无用,翻出行囊里的羽绒服穿上才是唯一正确的选择。

从乌鲁木齐向南到一号冰川,距离并不远,世界却已大不同。三千五百米的海拔对于我来说本是个平常的高度,可当我只是蹲下来拍一朵冰川前含苞待放的小黄花时,却发现自己竟然会气喘吁吁。

放眼皆是破碎。这里是乱石的世界。尽管我赞美那些石头罅隙里顽强的生命,但是它们无论如何也不得不屈服于冰雪和狂风的淫威,矮小而卑微地活着。太过稀少和渺小的植物无法给这里提供充足的氧气,它们改变不了什么,但仅仅是活着就已经是一种态度。

有很多车辆的残骸在山崖深处,甚至就在路边,因为此路不过是彼路的崖底。

风呼啸着,试图将黄嘴山鸦的叫喊声掩盖,然而这性格倔强的黑衣天使对冰雪世界的游戏规则熟悉且藐视——它是驾驭风的高手,向山谷间疾驰而去,又从冰川上空以鹰的姿态凯旋;它寻找着一切可能的食物,无论是面对毡房外丢弃的垃圾还是躲藏在砾石滩下期待春风抚慰的虫子,它都游刃有余。你看不出它的烦恼,它就是这个世界的最佳适应者。

别的鸟儿似乎也能在这里活下来,比如高山岭雀,比如红腹红尾鸲。然而身材娇小的它们往往还未起飞就被狂风吹得七零八落,

通往新疆一号冰川途中的车辆残骸

黄嘴山鸦

狼狈不堪，实在是辛苦。通常，它们只能蜷缩在凌乱的石块中，寻得一点点活下去的空间，偶尔叫上几声，算是苦中作乐。

为了拍那朵花儿，我跪地的膝盖几秒钟内已觉寒意深重。这冰川之下，纵然阳光明媚，又哪里真的有温暖可言？

车在胜利达坂停了下来，雪山绵延到天尽头，路在脚下如九曲回肠。敖包上的彩旗早已色泽褪尽，在刺骨的寒风中猎猎作响，嘲笑着站不稳的人类。一道黑影从眼前如离弦之箭飞过，消失在雪山背后。它是谁已不重要，我只恨自己没有翅膀，飞跃关山万重，去到更广阔的世界。

2016年4月

九曲十八弯的相会

　　黄昏，厦门大学一间最多五六平方米的办公室里，各种书堆得满满的，我们只能站着说话。墙壁上方有一张横幅照片，风光很美，他告诉我说那是"巴音布鲁克"。然后给我讲了他数次西行万里去摄影的事情。

　　掐指一算这是十多年前了，他是我的博士同学，其貌不扬，其性不顺，其才也另，其勤也勉。我们并非同一个专业，非理工科的博士生们不用待在同一个实验室，大多都是独来独往，所以我与他的交流屈指可数，然而对我而言，谈话虽少，受益匪浅。

　　那时候我刚接触社会学和人类学不久，他正好对这两块比较熟悉，听他说了一点儿，我心底也就大体有了个框架，为之后的求学省了不少弯路。不过影响更大的是，原

巴音布鲁克湿地上的灰鹤

本生活拘谨的我，在他的唾沫横飞和一张张精美绝伦的照片前，忽然意识到原来生活还可以肆意流浪，去做自己想做的事情而无须畏惧什么。他说，巴音布鲁克的大天鹅曾让他感动得放下相机，因为那一刻，只需要躺在草原上，与天地同呼吸。

后来他娶妻生子买房装修，其间我们只见过一次，他夫人开玩笑地抱怨嫁了这个坚持自己动手的完美主义家伙，永远都住不上新房子。我看了他的装修方案，简直是要打造室内桃花源。也许是因为如今的他已经没法再像当年那样说走就走，在雪域高原上用三脚架和藏獒打架了吧。

人生就像眼前这条弯弯的开都河吗？你猜不透它下一步会流向哪里。

此刻我就站在巴音布鲁克草原上——雪山环绕、湿地丰饶；鹰群在白云下追逐游戏，赶着羊群的牧马人在马背上打起了瞌睡；刚才还在引吭大叫的蓑羽鹤与灰鹤放松了神经，恢复了优雅和高傲的神态；斑头雁被各种野鸭簇拥着，缓缓踱步，犹如吃饱喝足被送出门的巴依老爷；山坡上，穗鹛站在浑身是刺的鬼箭锦鸡儿枝头歌唱；水洼里的青蛙已经长大，山峰上坚挺的顽石原来有一颗柔弱的心，是倒影里摆着尾巴的小鱼儿发现了这个秘密。

我没有同学潇洒，放不下手里的相机，渴望将这眼前的一切都记录下来，包括脚下正慢慢爬过的腆着红橙橙大肚子的小小柯氏隆头蜘蛛。等我站起来直了直有些酸楚的腰，一转身，与一只好奇的旱獭四目相对，我笑着挥挥手里的相机朝它打招呼，它扭头就钻进地洞里去呼呼大睡。

再转身，大天鹅穿过雪山上渐涌的迷雾，正朝我飞来。

不像那弯弯曲曲的河流，大天鹅没有丝毫的徘徊，它径直飞来，然后挥翅降落，双蹼在平滑如镜的河面推开热闹的波纹。原本在河道两侧埋头觅食的白眉鸭惊得脸险些也白了,扑刺刺近乎笔直地起飞后又绕了几个来回,这才发现只是大天鹅造访,于是又纷纷落下,各自相安无事——有饭大家吃的日子就是天堂。

我爬上山头,路过大风的撕扯,路过阳光的炙烤,远处的天空却越来越迷茫,刚才还历历在目的雪山已深陷雨雾,只留下我头顶,一点残剩的蓝天和一轮明晃晃的太阳。

山不高,但岩层足够古老,山势如草原上忽然涌起的巨大波浪,随即被戛然而止的时光冻结在半空中。它是大地曾经激荡的表征,是天山不老的佐证。九曲十八弯是巴音布鲁克草原精彩组曲中的一个华彩片段。这片草原是位于天山腹地的高原盆地,河流汇聚了雪山融水,然后在宽阔的盆地里"左右逢源",河道时而如散开

巴音布鲁克湿地风光

九曲十八弯的相会

巴润寺

的麻花辫，时而又汇聚成几道柔肠，不断改变着的堤岸还造就了大大小小如同珍珠乱撒的牛轭湖。

　　这里的一切都在永恒的变化之中，只不过我们本是沧海一粟，纵然站在高处俯瞰这一切，即便冻到浑身发抖，也觉察不出有分毫的变化。可是，也许就在一瞬间，一小块堤岸已经被流水掏空，坍塌下来，河流的形状改变了那么一点点。终有一天，会有一条完全不同的河道呈现在世人面前。弯弯的开都河，还能承载多少个夕阳的倒影其实并不重要，大自然用不可逆转的时间和无数偶然构建出来的景象，打动人心是轻而易举的，甚至都不需要人类将自己的想象力灌输其中，只要你身在其中，就足以感动万分。原因很简单，我们本就是自然的一部分。

　　巴音布鲁克草原上有一座背景是雪山的藏传佛教寺庙——巴润寺。清代，蒙古族土尔扈特部落的先人以史诗般的壮举从伏尔加河流域成功东归，被乾隆分派至此，部落的移动寺庙也随之固定下来。寺后与天山皑皑白雪遥相呼应的白色佛塔，在这茫茫碧野之上显得孤独又高傲；寺庙门前的铁栏杆被穿越天山迁徙的暗绿柳莺当作了草原上稀缺的树枝，用作短暂的停靠。无论对人类还是动物而言，迁徙从来都是令人畏惧的征途，又总是充满了希望，因为远方，可能恰恰才是真正的归宿。

我那个同学忙得几乎不用微信，不过如果有缘，他自然也会看到这篇文章。想对他说声谢谢，也想对因各种机缘巧合得以在新疆遇见的朋友们说声谢谢。人生拐了九曲十八弯后与你们相逢，真好。

2016年5月

独库风云

这是一条眼睛不会疲惫的路。伴随着两侧雪山不曾停歇的注目礼,在草原上的花海中行驶,人们时时都有停下来的冲动。大天鹅与灰鹤,还有众多的鸟儿就在身边飞过,白云有万种风情,你只剩一种说不出话的赞叹。

去年来新疆,专程为了北疆观鸟,所以错失了独库公路这段美景;今年严格来说也只走了独库公路的一部分,纵然如此,对自然之美贪心如我,亦已知足。

自然的宏大之美只需你身处其中便了然于心,所以我会多留意一些细节,而一旦被这些细节迷住,便如同陷入泥潭,难以自拔。

那天黎明,太阳被风雪拦在了半路上,眼前两座山峦瞬间变成了大地上的两撇白胡子，中间的古冰川遗留下来的冲积扇和前面巨大的弯成倒"Ω"的河流，像肥厚的人中和大笑的嘴，对我们的造访，也不知道是欢迎还是嘲弄。管他呢，不能策马扬鞭，就在风雪里漫步，玩一把笑傲江湖也挺好。

肆虐的雪粒子打在衣服上噼啪作响，冷风如刀，耳朵瞬间就冻得发疼，紧裹衣衫也无济于事。寒气从领口、袖口，甚至裤管的缝隙往里灌，恶魔般地吞噬着身体的热量。大山似乎不忍目睹我的惨状，悄悄地隐匿了起来；河流也表示缄默，假装看不见这一切，径自流走；就连那些贴着湿地上空飞行的水鹨也假装我们不存在，迎面而来，却等不及我向它们说一声问候，就在雪与风的交织中灵巧又略带仓惶地绕到我们身后。

那又怎样？美好的东西从来都不是轻而易举就能获得的。

俯身去看那雪地上刚刚绽放的报春花，比阳光灿烂的日子里多的何止一份感动？借着风雪的掩映，一点一点地靠近在河湾里休憩

河流冲刷引起的河岸崩塌

的大天鹅和斑头雁，我看得见它们依旧惺忪的眼神。蓑羽鹤从头顶飞过，双翅微鼓，洁白的冠羽和胸前墨色的饰羽迎风飘摇。是的，我被直面压来的寒风逼迫得几乎无法呼吸，可对于能够穿越喜马拉雅山脉的它们而言，这逆风之旅，不过是场轻松的游戏。

转过身，透一口气，帽子飞了。追过去，人几乎要被吹得飘起来，奇妙的感觉，像太空漫步。然后，忽然间，太阳出来了。

阳光是从远山背后猛地跳出来的，金色的光芒瞬间铺满草原的每一个角落。天空中大大小小的云朵也从一张张阴郁的脸换成了绯红色的微笑。风雪停了，世界安静无比，刚才的种种艰辛仿佛都不过是一个幻觉。我甚至怀疑这是大自然精心安排的一场测试——无畏艰辛者，方得拥揽大美。

满头银发的山峦又出现在面前，千百万岁的老人家看上去依旧矍铄，他大约是忘记了刚才对我们的无视，厚着脸皮乐呵呵地和我一起，看抹着大红色唇膏的蛎鹬与鹮嘴鹬，在河畔上跳春天的舞。

天山鸢尾

天晴之后的草原越发地光明起来，遍地金闪闪的毛茛花很晃眼。烈日当空，头顶的云层已消失殆尽，高原十里不同天，冷暖自知。角百灵开始歌唱，沙鵐也不甘示弱，刚才它们都藏在哪里？怎么就一下子都冒出来了？蒙古包里升起炊烟，空气中飘着奶香味，吸引小嘴乌鸦纷纷而至。刚刚出生的小羊羔跟着母羊，远远地落在去喝水的羊群后面，牧羊人并不着急，他知道母羊有足够的耐心和经验。

　　敖包是草原生活的象征，其实就是一堆石头，堆的时间久了，就变得神圣了。并没有河滩，很奇怪为什么就在那一小片地方，有许多鹅卵石散落在草原之上，是传说中误以为捡到珍宝的人最后发现不过是空欢喜一场①，然后遗弃在此的吗？黄粱美梦我做不出来，眼前的美景似梦如幻倒是真的。我跳得高高的，想在镜头中飞上雪山之巅，可惜，没有翅膀，空有一颗飞翔的心，终究是自娱自乐罢了。无妨，一切，开心就好。

　　独库公路纵跨天山山脉，平均海拔在二千五百至三千五百米左右。无论在哪个角落，伟岸的天山都将它轻轻地捧在心上，或者紧紧地揽在怀抱里，绝不放手。天山是一个脾气古怪的老人，时而暴烈、时而温柔，独库公路纵然是他最宠爱的儿子，有时候也不得不叹息一声，无可奈何。

　　刚才还是晴空万里，转眼又是浓云翻滚，积雨云从雪山背后汹涌而上，直至数倍于雪山的高度，蔚为壮观又令人胆战心惊。等那气势汹汹的云层攒够了愤懑，哗地一声怒吼，大雨通天彻地，倾盆而下，世界陷入低垂的帘幕，再也不见一丝明媚。

　　河水开始奔涌，我们逆流而上抵达冰川的前沿，巨大的冰块泛着蓝莹莹的幽光，一点一滴地消融，滋养着草原。再往上就是纯粹的冰之世界，寒冰穿过天地之间尚有一丝光亮的缝隙，与雪山相接，而雪山则已经被暴雨吞噬，连同山脚下的蒙古包、马群和牛羊也一

---

① 传说在荒野中受魔鬼诱惑的人，会将地上的石头误以为是金子或者珍宝。

并模糊不清。

我们只能飞速离开，像草原上狂奔的黄鼠。不过它们好歹还有个洞穴可以藏身，我们是真正的落荒而逃。

没走几公里，天又晴了。雨水洗刷过的天空透明又清亮，山峦的每一个褶皱都清晰可见。路边忽然耸起几座光秃秃的山丘，乱石密布，灌丛又稀又矮。点地梅正开着，很小很小一片片七零八落，一点儿都不起眼。

几只高山兀鹫在山顶盘旋，似乎是一个家族。红隼夫妻俩在山丘之间做特技飞行表演。岩鸽们显得有些惶恐不安，不停地飞来飞去，在崖壁上稍做停留就又纵身展翅。赭红尾鸲在石壁的参差间跳跃。一大群白翅雪雀在灌丛里埋头觅食，拥挤着、险些还撞在一起，看来这一整天都没能好好吃上一顿，已然饿得失态。

抬头见那几只高山兀鹫还在盘旋，我忽然意识到这里应该有它

五月初，巴音布鲁克草原上的冰雪尚未完全消融

的巢穴。果然没过多久便发现了崖壁上有个凹进去的石穴，一只年幼的高山兀鹫正向巢外探出光秃秃的脑袋。它必然是看见了我，还歪头打量了我一番，大约明白我并不是它的食物，于是又无趣地缩了回去。一只雌鸟飞过来停在巢边，翅膀一直没有收起，半张着。起先我并不明白，后来恍然大悟，那是在为小兀鹫遮荫呢。除了风撩动它的羽毛，雌鸟就这样纹丝不动。有了这伟大母爱的呵护，独库公路再多的风云变幻又算得了什么呢？

也许过些年我会再来一次新疆，将整个独库公路走完，希望那时候我已经不在乎什么风景，也无所谓风长云飞，而只是随心所欲地看一看，将生命的一段时光浪费在此。

2016年5月

赛里木湖与果子沟

我长年住在海边，对大型湖泊没什么兴趣——无非是一个小一点的海嘛。然而我还是来了，翻山越岭地来了，不过一点儿也不辛苦——高速公路就在湖边。

作为半个闽南人，第一次听说"赛里木湖"名字的时候愣了一下。这个湖距离厦门万里之遥，远到彼此无法用语言去理解。"赛里木淖尔"，闽南语里的"国骂"在蒙古语里的意思其实是"山脊梁上的湖泊"。

山，是西天山，位于新疆与哈萨克斯坦交界不远处。犹如被法力无边的布袋和尚念了咒语一般，宽广的天山在这里猛地收缩成一个扎紧的口袋，将大西洋的暖湿气流死死地扼在其中。于是，山上有了一汪聚集成碧玉的湖水；山下，西去的流水造就了壮阔无比的伊犁河谷。

赛里木湖的天空蓝得让人伤感，那些丝状的云彩有种稍纵即逝的美，一不留神，就再也抓不住。

我不知道风究竟从哪里来，湖面广阔，以至于给人波澜不惊的错觉。雪山紧紧地将湖水拥抱在怀里，生怕一撒手，这碧蓝色的瑰宝就会消散不见。我站在湖边的草地上静静地远眺，然而我心里唱的歌谣，对岸的牧羊人他一定听得到。

也许是耐不住千年的寂寞吧，湖面上那粼粼的波光纷纷跳上岸，幻化成金黄色的毛茛亮晶晶地开满四周。

渔鸥从湖面上飞过，一只、两只，渐渐地消失不见。不久又不知道从哪里飞了出来，待你刚刚透过望远镜觉察到它们的眼神里那一点点洋洋得意，它们就再度随风而逝，只留下原本作为背景的雪山直逼眼前，伟岸得让你喘不过气来。

赛里木湖

赛里木湖与果子沟

是的，如果没有那些雪山，赛里木湖将会是平淡无奇的。可是你也许会问，山就在那里，怎么可能会消失？

这就要看云的心情了。当忧伤来袭，之前舒展如飞仙的快乐消失殆尽之时，一颗亟待哭泣的心灵会让云变得凝滞、沉重，各种愤懑肆意滋长，最后一口吞噬掉所有的天际线，当然也包括平时看上去高冷无比的雪山。那一刻就连习惯了深浅斑斓、神采飞扬的湖水也只能剩下灰暗色的叹息，恹恹地拍打着岸边，无所事事。

那些低头吃草的马儿似乎也觉察到了变化，抬头看了看，但并不诧异，又继续埋头啃食，甚至将那些绽放的小花儿也一并吞进肚子里。

在来赛里木湖的路上我们经过了果子沟。据说每年春天，这里有七天是野苹果、野杏子、野山楂、野樱桃开花的盛期，那时候的果子沟美得如梦如幻，堪称伊犁第一胜景，游人蜂拥而至，之后就几乎无人问津了。

我觉得这样很好，毕竟孕育果实需要时间，最好不受打搅。这样等到了秋天，满山谷的落果才会发酵出让万物迷醉的香气，据说那时进沟，甚至随处可见因吃了野果醉倒的动物。当然，前提是你自己不要贪嘴，否则万一忍不住大啖野果，那恐怕就要上演一出电影《动物园奇妙夜》的野外版了。

我来得不是时候，无论是美景还是趣景都无缘相见，不过果子沟新修的大桥蔚为壮观，也是一景，这个自然是见着了。

新疆的基础建设这些年突飞猛进。这里自古就是丝绸之路的重镇，但是地质变迁和时光的消磨，早已让历代由伊宁通往中亚的道路毫无踪迹可循。商贸要流通，人员要往来，修路架桥是不可避免的。遗憾的是，在生态和地质结构如此脆弱的地区大兴土木，尽管采取了一系列减少破坏自然的工法，依旧是当地不能承受之重。尽

果子沟大桥

管存在天气变化的影响，统计表明：近十年间，当地的小型泥石流等自然灾害已经超过了以往历史记录的总和。

人类的聪明才智让高速公路在山脊梁的湖泊旁边紧紧环绕、构建了果子沟大桥凌空飞架200余米的宏伟身躯，彰显了强大的征服，可是，什么时候人类的智慧才能够让我们做到和自然真正和谐共处？

或许，开启答案的钥匙并非被封存在科学家们的实验室中，而是在人们的欲望之心里。

2016年5月

补：2019年，在新疆搞建设的朋友告诉我，果子沟一带因为修路引发的地质问题最终得到了解决，果子沟也没有成为允许人们蜂拥而至的网红景点，这真是个好消息。

罗布泊

如果白素贞在罗布泊遇到许仙的话会怎样?

那时候的罗布泊汪洋一片,渔夫摇橹撒网,芦苇在风中迎送朝霞夕阳。附近楼兰城里的客栈中,许仙是刚刚从米兰城过来的商客,他卸下略有尘沙的行囊,还没来得及坐下喝一杯茶,就听见银铃作响。抬头一看,一位白衣的妙龄女郎,抬脚正跨进院门,发出声响的是她脚腕上那串今年集市上最流行的银链,上面缀满了铃铛。女郎见有人望着她,略带羞涩地用手将帽子上的轻纱放下,半遮住脸,长长睫毛下的大眼睛却并不曾真地闪躲开。两人相视一笑,一段姻缘便注定了。

罗布泊

可惜罗布泊的水没了，干涸的湖床在卫星地图上就像一只巨大的耳朵，被抛弃在塔里木盆地东侧。二十世纪七十年代，人们在塔里木河上修建了大西海子水库，以满足当地的农牧业和生活需求，结果直接导致下游彻底断流。就算白素贞哭干了眼泪做法行雨，那水也无法流到罗布泊了。失去了水源的罗布泊迅速干涸，只剩下白花花的盐碱随着被蒸发的地下水析出湖床，在炙热的阳光下发出刺眼的白光。

我曾经幻想如今的罗布泊会不会恢复了一点点水域。其实打开地图我就明白那是不可能的，因为一条从哈密始发的钾盐运输专用铁路已直达罗布泊。若真有了水，铁路还有这个钾盐公司以及因为这个公司而诞生的罗布泊小镇岂能存在？不过，也正是因为这种开发，才有了穿越罗布泊的公路。路面被大货车压得坑坑洼洼，坐在车里想不感受人生的颠沛流离都不行，但比起彭加木只能依靠徒步丈量罗布泊的方式，这已是无可挑剔了。

荒凉的罗布泊依旧很美。

在边远地区，低缓的土丘被五彩的碎石覆盖着，像大地上挥舞的彩绸。红的惊艳、绿的深沉、白的刺目、粉的娇媚，构成了车窗外迷人的画卷。我时时忍不住跳下车凑上前去拍上几张，却又每每被热浪逼迫得赶紧逃进车内，享受着空调的凉爽。

这里会有生命吗？地表看不见任何植被。地下呢？看上去坚实无比的大地，一脚下去，被干涸的盐碱粘连在一起的土壤伴随着"嘎吱、嘎吱"的声响，随即出现一个坑状的脚印。这样的地方，车若是偏离了公路，绝对能陷得你欲哭无泪。我寻思那些穴居的小动物们大约也不会喜欢这里吧。不过一路上倒是看到"野骆驼保护区"以及"保护野生动物"的标识，也许它们都生活在视线范围之外的那边，不，应该是哈萨克人说的"那——边"，"那"的发音越长，距离越远，远到若是在东部，这距离可能直接跨了省。

罗布泊湖床底部的土壤全部翻翘而起，除了因为日晒导致的干裂，亦应是人工所为，否则烈日下彻底板结的土壤会让地下的盐碱无法上升到地表，不利于开采。至于先前湖泊上的岛屿，如今成了一座座"碉堡"，那是尚且没有被风化的岩石和土丘。风化较快的土壤若撑不起岩石的重量，便会坍塌下来，像一首绝望的哀歌，在大漠呼啸的风声里渐渐消失。

罗布泊干涸的河床

罗布泊

  出乎意料，我在罗布泊竟然看到了鸟。

  就那么一小片，也不知道怎么冒出来的，百来株红柳，尽管看上去颇有些营养不良的样子，却是五百公里穿越公路上唯一能见到的绿色。我欣喜若狂地下车拍照，忽然看见两只亚洲短趾百灵从一株的树荫飞到另一株，它们虽然见惯了来来往往的大货车，可并不习惯见到人类。连续两次，我试图靠近都是枉然，这么热的天实在不忍让它们因为要闪躲我而继续消耗精力，于是远远地记录了一张它们在树荫下乘凉的影像就离开了。我想不明白这两只百灵为何会来到此地，毕竟四周方圆数百里唯一堪称"生机勃勃"的，是炙热且呼啸的风。

  罗布泊镇是从哈密到若羌的中点，也是这五百多公里路段上唯一有人烟和加油站的地方。说是镇，其实就是一栋长五十米左右的二层楼房，各色商家提供从餐饮到汽车修理和身心恢复的诸多服务。

  罗布泊的日落，是迄今为止我见过最辉煌最完美的，那是真正的大漠落日，是堪称魔域世界里的最后一抹血色。等我们离开了搓衣板一样的路终于穿越了罗布泊时，国道丝般柔滑的路面让人瞬间觉得回到了人间。抬头，早已是星斗漫天。

  百灵鸟或许会留在罗布泊歌唱，然而我想白娘子是不会出现在此地的，罗布泊的繁华太过脆弱，容不下激荡的爱。

2016年6月

儿子娃娃

罗布泊日落

火焰山的岩鸽

小时候，每每看到信鸽群在黄昏的天空中盘旋，我就不禁想：它们为什么不飞走？曾经有人在飘着大雪的冬天给我家送了两只肉鸽，父亲将其放在阳台上暂养。我并不知道这是养来吃的，见不得它们被关在笼子里百般焦灼的模样，于是放了它们。可它们不过是飞到对面楼顶，并不远去，这让我很沮丧，担心它们熬不过那场雪。父亲也没责备我什么，只是说我做事太欠考虑。

后来开始观鸟，才知道原来野生的鸽子有很多种，中国的多生活在北方，可我观鸟十多年，也不过见了五种，遇见频率最高的就是岩鸽。

第一次去西北就见过岩鸽——朴素得很，飞的时候露出白腰，白得像山顶尚未融

岩鸽

化的积雪；它沿着山腰疾飞，为了躲开狰狞的巨石快速地拍打着翅膀，扭身的姿势甚至略显仓惶。没办法，谁让它的尾巴上只有一道杠，技术不算太好，是个飞行"小队长"。

不像只偏爱乡野和山林的斑尾林鸽与点斑林鸽，也不像原鸽和欧鸽那样擅长在多种环境下自由切换，岩鸽只青睐拥有裸露岩石的山地。它们喜欢将家安在石头缝隙里，在那里，外面的风声雨声再怎样猖狂都与之无关，只要进了石缝里的家，那些耀武扬威派头简直比帝王还要大的猛禽们，也拿它们无可奈何。在新疆，我不止一次看到岩鸽与黄爪隼比邻而居。黄爪隼是矫健的飞行高手，甚至可以逆风而起，对岩鸽也构不成太大的威胁。

同样喜欢将巢搭在悬崖峭壁上的还有高山兀鹫、胡兀鹫、雕鸮等大型猛禽，无论是爱吃腐食还是喜欢亲自上阵猎杀，它们都在鸟界享有无与伦比的地位，高高在上，却也因此脆弱不堪——栖息地日渐破碎、缩小甚至消失，食物日渐短缺外加繁殖率低，生存堪

火焰山的岩鸽

忧。在新疆的天山后峡,我见过一群高山兀鹫在吃北山羊的尸体,那么迫不及待、那么旁若无人,大约是饿了很久。岩鸽却是个奇迹,家族兴旺。然而,尽管之前我已经习惯了在新疆几乎所有山地都能看到它,但当我站在光秃秃的吐峪沟峡谷之上,它们的出现还是让我大吃一惊。

那是寸草不生的火焰山,是空气温度超过四十四摄氏度,地表温度轻松破六十摄氏度的地方。别说草,就连以耐旱著称的沙生植物也无法生存。赤红色的山体带着被极偶尔但决计留存不住的流水冲刷出的弯弯曲曲的沟壑,如同无数根燃烧的火苗,散发着巨大的、让人窒息的热量。天空蓝得纯粹,纯粹到对阳光的残酷丝毫不加掩饰——云彩都躲得远远的,生怕被晒疼了一样。但是岩鸽们不怕,它们藏在大山的影子里,在峡谷上空轻松地疾驰。其中之一竟然还是完全白化的,像上天遗落的一片鹅毛,在黑色的阴影里醒目

岩鸽

得让人一声叹息。

　　我来到吐峪沟峡谷是因为这里是高昌古国的遗址。这里原本佛法昌盛，拥有大量佛教的石窟，但是在经历了与伊斯兰教两百年的对抗之后，佛教已在这里消亡，又因为埋葬了伊斯兰教早期的传播者，成了伊斯兰教在国内著名的圣地。历史不断地变迁，是因为人心总是在变化，而那些世代翱翔于此的岩鸽却似乎拥有亘古不变的传统——飞翔、生存、飞翔。它们依靠什么生存？

　　为了能够近距离观察峡谷对面的岩鸽，我下车贴近峡谷，这才发现原来看似荒芜的山峦之中竟然深藏一泓清流，带着缠缠绵绵的绿色在谷底奔涌，那溪流的出口处正是高昌古国遗址所在的村落，连接着南边碧绿如沃野的葡萄架。原来岩鸽们并没有创造"生存奇迹"，奇迹只存在我自己的幻觉当中。

　　循着岩鸽们飞去的方向，望远镜里峡谷对岸的石壁上，赫然出

火焰山

火焰山的岩鸽

现了众多大小不一上下排列的洞穴——正是吐峪沟石窟——那个被历史尘封许久至今仍然没有对公众开放的地方。我无法跨越峡谷的鸿沟，自然也无从知晓那里面究竟还留有怎样的佛国胜迹。就在我身侧不远处，除了高耸的宣礼塔，清真寺里的一切也都被围墙阻挡在我们视线可以触碰的范围之外。这个峡谷，贫瘠又丰饶，悠久而孤单。

吐峪沟峡谷深嵌在火焰山之中。《西游记》与其说是神话故事，不如说是众人小时候热爱的一部童话。童话的美好在于总能有一个看似完满的结局，但现实不是。现实是火焰山依旧炙热难当，据说佛教里的末法时代就连斗战圣佛也雪藏了金箍棒，提不起精神。至于相信只有自己才是被真主祝福过的人们，生活亦无安宁。

现实绝不完美。不过现实的另一面是那条穿越峡谷的溪流——或者准确地说，正是那条溪流的冲刷才缔造了这个峡谷。这条溪流

吐峪沟石窟

是上天给人类留下的一缕希望，是珍宝，无论是谁都不会去亵渎它，否则便是自取灭亡。围绕着溪流的绿洲像一个隐喻，当生命被逼迫到一个无可选择的境地之时，人类才会变得聪明起来，才能放下各种争执。当然，或许这恰恰证明了人类的愚蠢。

信鸽即便每天都要飞，最终它还是会回到笼子里，因为笼子里有食物；肉鸽吃得太好，更是几乎丧失了飞翔的欲望；岩鸽不一样，为了觅食，为了躲避天敌，甚至仅仅是为了游戏，它们都在不停地飞。无论上下如被风卷起的秋叶，还是翱翔飘逸像散落在大地上的云彩，它始终与顽石相伴。

因为没有嗟来之食、因为拥有了自由意志，当岩鸽收起翅膀停在一处高崖之上的时候，相信我，那只是它为了下一次的纵身飞跃在做准备。

2016年6月

伊犁河谷

　　发生在这片土地上的故事很多。当不宽容的宗教和民族利益搅和在一起的时候，世界便不得安宁。但人们终归不愿生活在惶恐和血腥之中，所以也总会有一股力量崛起，将一切不堪抹去，令天地复归宁静，沙鸥云集、大河西流无碍。

　　壮阔的伊犁河谷吸纳了来自大西洋充沛的水汽，然后滋润周遭万物，就连一旁的图开沙漠也变得与众不同，让人险些被那些茁壮的灌丛迷惑，忘记脚底下的流沙。

　　河谷两岸高台耸立。站在这千万年来被流水切割出的峻峭边缘，俯瞰水草丰茂、绿意盎然的河谷，我恍惚回到当年在镇江北固山的风雨楼上北望神州的那一瞬。天地之大，有何艰难无法承载？如果说不能，那缺的显然是人的胸襟。

黄喉蜂虎的家就安在高台之中,这是一种奇特的鸟儿,不仅拥有无与伦比的美艳,还过着别具一格的穴居生活。高台边的几株老树是它外出觅食和归家前巡视安全的落脚点,也是它们的最佳秀台。

没有人不被它喉下的明黄色所吸引,似乎只有新疆的天空中历来肆无忌惮的太阳才能烘焙出如此灿烂的色彩,而它那一身翠中泛青、青中裹蓝、黄中带褐的衣衫,想必正是在眼前翡翠般的伊犁河谷里漂染出来的。

它们像小型战斗机一样在天空中极速而平稳地掠过,河谷中孳生的蝇虫,虽四散而去,欲逃之夭夭,却终躲不过束手就擒的命

图开沙漠与伊犁河谷毗邻

伊犁河谷航拍（摄影：滕波）

运。有了蜂虎的世界，那些嗡嗡嗡的嘈杂之声不再，耳根顿时便清静了许多。

即便在城区，伊犁河也相当宽广，夏季冰雪消融的速度加快，是涨水季，众多的河滩都已被淹没，这让我寻找欧石鸻的计划成了泡影。好消息是因为滋润，这里的植物生长得尤其茂盛，将原本大河西去的一览无余变成了千百个浅湾深流，沿着人工步道深入其中，仿佛身陷千泊纵横的江南水乡。然而，树丛里的新疆歌鸲[①]用最悦耳的方式提醒我，这里是西北，是距离大海最遥远的地方。

遥远并不意味着寂寞，有了新疆歌鸲这位永不疲倦的歌者，这

[①] 新疆歌鸲，即是欧洲诸多文学作品里提到的夜莺，以婉转的鸣叫声闻名，在中国仅仅分布在新疆境内。

新疆歌鸲(qú)

水上的森林又怎么会让人觉得乏味？更别提冷不丁还有一群赤嘴潜鸭，鼓动着发动机一样强劲的肌肉从身旁的水面急蹿而起，留下一脸惊愕的我。还好，平易近人的白骨顶会慢悠悠地游到身边来给我安慰。至于好奇的棕尾伯劳，似乎哪里的枝头都少不了它在上面四处张望，难道是天生的跟踪狂？

　　大杜鹃的叫声响彻河谷。"布谷、布谷"，这简单又浑厚的嗓音在那些苇莺听起来不啻于敌军恐怖的铁蹄声。大杜鹃自己不会筑巢，而是将卵下在其他鸟的巢中，雏鸟一旦孵化出来会立刻将别的卵挤出鸟巢，独占养父母的恩宠，然后伺机在亲父母的召唤下弃之而去。这种奇怪又残忍的巢寄生繁殖策略究竟是如何演化而来我不得而知，大自然着实让人捉摸不透。被寄生的鸟儿并非一筹莫展：它们通过改变卵的颜色和斑纹、夫妻轮流值守防止杜鹃前来产卵等策略进行"防守反击"，总之在这个看似祥和的世界里，侵占与反侵占的"斗争"从来都没有停止过。也许上天并非仁慈，它需要我

黄喉蜂虎

蓝胸佛法僧

们学会应对各种残酷和黑暗，才能懂得光明的意义，故而倍加珍惜。

伊犁河水夹带着从天山上冲刷下来的泥沙，显得浑黄不堪，也因此肥沃无比。被这样的水浇灌着，何止是花儿开得娇艳，就连桑葚也更加的甜糯。这里的桑树来自中原，经丝绸之路传播至此，年年开花结果，没有人留意过那花儿究竟是什么模样，但是塞到嘴里的甜蜜终究无法忘怀，在一代又一代人的心底流淌至今。当地哈萨克族和维吾尔族的阿妈们只要见到我站在树下，就鼓动我一定要尝尝看，分享属于她们家门口日常的甜蜜。

伊宁将军府外有座钟鼓楼，不知经历春秋几度，见过多少风霜。伊宁曾是一八八四年新疆建省之前中央统御新疆的首府，也是英国、沙俄、阿古柏等众多势力一再染指的地方，尽管曾被流血染红的伊犁河水已在它的脚下归于平复，如今再提那段往事恐怕依旧伤痛难平。然而"流水不回头，浪去盖沙洲"，那些沉渣就算意欲泛起，也必然会被扫进历史的垃圾桶里。

除了黄喉蜂虎，伊犁河谷还有一种同样美丽的穴居鸟类——蓝胸佛法僧。它与蜂虎比邻而居，甚至食物也很接近，却并没有与之发生"你死我活"式的冲突。蜂虎爱群居，佛法僧习惯独来独往，它们互不干扰，于是彼此安然自在。或许这正是大自然给我们的一点暗示。

伊犁河谷，此番游历不过是浅尝辄止，应该还会再来——听风吹鼓楼挂角铜铃的叮咚，拍岁月静好笑靥如花的画面，喝一碗会让自己醉得不省人事的好酒，和这片土地上的人们一起，唱一曲赞美生活的长歌。

2016年5月

冰雪花园

五月十九日，喀拉峻大草原，天山雪突如其来。

在天空蓝和雪域白之间傲然挺立的，是铁青色的冷杉林，它们全都是不屈的战士。世界壮美到让人兴奋、令人不知所措。牧人策马奔驰而来，我们呵着长长的白气，打着热情的招呼，可随着背影远去，接踵而来的，除了雪原上嘚嘚的马蹄声，竟是无边的寂寞和深沉的单调。

幸亏，一点一滴的，脚底下的世界开始变化。

雪地睁开了无数双眼睛，黄色或者紫色的眸子闪烁不停。雪慢慢地融化，还不等草原露出她翠绿的肌肤，那些花儿已经顶开雪的束缚，猛地挺直了被压弯的茎杆，将花冠

雪后喀拉峻草原上的云杉林

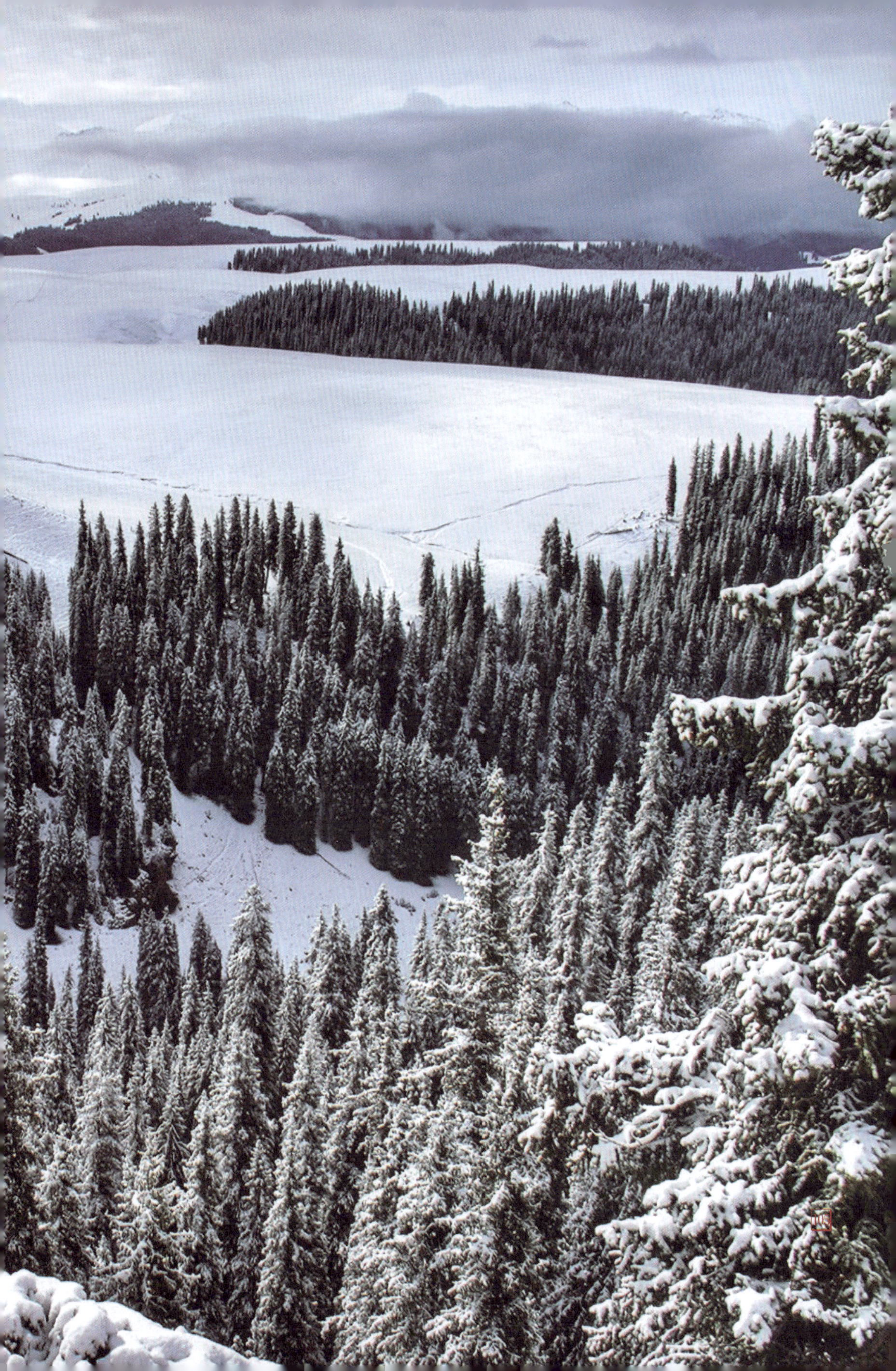

弹了起来。一顶顶王冠虽然只高出雪地那么一丁点儿，却盛满了欢愉和骄傲，在雪地上兴高采烈地绽放着，连呼啸的风都带不走这一瞬间的欢呼。不要说你没有听见，那声音分明就是喊在你心底的。

我们早就疯了。一群喜爱自然摄影的男人们，全都成了孩子。趴在地上，对着那些花儿，连情话都不会说了，只知道一个劲儿地傻笑，笑到忘记雪水已经渗透衣裤，笑到昨夜的宿酒彻醒。

或许是巧合，也许是天意，今年的新疆行像一场梦，托各种人的福，我稀里糊涂地来到伊犁，然后又莫名其妙地来到喀拉峻大草原，最后在新疆各地竟然待了一月有余。那么多美丽的瞬间，却只有这个大雪覆盖花海的早晨，让我恍惚有一种灵魂脱窍之感。时隔三个多月，似乎还能穿越回去，站在那高石之上，任由目光在雪域青山上驰骋，呼啸的风就在耳畔，可刺骨寒冰终究输给了花儿一低头的温柔。

那些拿着相机满山野打滚的汉子们，如今我身在闽南，以茶代酒，遥敬你们一杯。还是那句：我随意，你们干了！

新疆，我们还会再见……

另：想看雪中花海最全面最精彩的报道，去看二〇一六年《中国国家地理》七月刊的主打文章——难得一见的天山"冰雪花园"，虽然不是我写的，可二〇一六年的新疆行，就斗胆借这篇报道做一个完结篇吧。只因那时花开，我亦徘徊。

2016年5月

雪中的寒地报春（紫）和宽瓣毛茛(gèn)（黄）

天山"大猩猩"——夏特古道随想

翻过去就是南疆了,那是我至今未曾踏足的地方。

借助于现代交通,只要肯花机票钱,从伊犁河谷去南疆不过是一个小时的事情;如果觉得单程机票太贵,还可以坐火车从乌鲁木齐绕行,四十八个小时之后,你就能迷失在喀什老城错综复杂的光影里。但在古时候,在我眼前这个山谷里,伴着积雪消融形成的湍急河流,一条级级登高、最后连马匹也无法翻越,需要在冰川上凿开冰梯方能继续的小道,是唯一的通途。

这便是南天山的夏特古道,现在就在我的脚下,两边山坡上是列队般的雪岭云杉,有些压抑。

当初,唐僧取经,从新疆东部的天山北

天山"大猩猩"——夏特古道随想

到天山南，身后，留下一路佛号。后来，一群维吾尔族人从自然环境恶劣的南疆北迁至水草丰美的伊犁河谷，从新疆西部的天山南到天山北，一路祈祷着他们的神明在前方披荆斩棘。

历史由无数个偶然拼接而成，但终归是各有各的宿命。就好像高山顶上的岩石一定会在某一天坍塌下来，碎成一地。经过天山雪的锤炼，夏特古道的风，寒气逼人，沧桑遒劲，山坡上的几处塌方已在岁月中被碾成细沙，像一道白色的瀑布，看似凝固，实则诡变。那些被鸟儿衔落的种子在其中零零散散地发了芽，于是便有了星星点点的绿意，像极了用孔雀尾羽做成的华裙，在山坡之上铺成魅惑。

数座天山雪峰如巨人耸峙，横在南去的古道前。你若有不撞南

夏特河

墙不回头的精神，便可以一直走下去。与此同时，身边的夏特河早已唱着轻快的歌声，向北，奔向茫茫的昭苏草原。

我琢磨着，在这古道稍微走几步吧。

雪岭云杉已经不见了，地面上开始有很多不熟悉的野花，靠近山边的灌木也大多没见过。风有些微微的凉，雪山被云层裹挟，似乎大雨将至。

鸟儿也不少。高山兀鹫很大，盘桓在山脊线上却显得很小；红腹红尾鸲很小，却直接跳到眼前的树枝上，在望远镜里大到我能看清它眼睛里的天空。在布满硕大鹅卵石的河滩上找到鹮嘴鹬的过程，不亚于赢了一场难度系数极高的考眼力游戏，只是我打不起太大的精神头，毕竟都已见过多次，新鲜感丧失了，人，也就会变得有一点点倦怠。

我又将目光投向了雪山，他们看上去很近，可一想到若是真的要走到他们面前，我的腿肚子就发软。然后我就看到了那张正嘲笑我的"猩猩脸"。实际上那是一座雪山，但是看上去实在太像一只守着山谷、两臂向前盘踞的银背大猩猩。山上的冰川末端因为消融出现的一个巨大洞穴，看上去正像是它噘起嘴唇形成的一个"黑洞"，似乎还能听到风里传来他"哦哦哦"的戏谑之声。

"这是守护夏特古道的神兽吧？"我被自己这个荒诞的想法给逗笑了。然而又总觉得那并非真的只是一座山那么简单，他的"表情"似乎在试图传递某种信息给我。

在他身后还有众多更加高耸的雪山，他们都在云与风的游戏中时而峥嵘尽现，转瞬又将真容深藏不露，又或者朦朦胧胧让人恨不得插上翅膀飞过去亲手撕开那层面纱。只有他自始至终都是嘲讽的表情——是要给企图翻越天山的唐僧一个警告？还是对在艰辛中谋求生存努力的世人不屑一顾？毕竟这是天山，用马匹也无法翻越的

天山"大猩猩"——夏特古道随想

木扎尔特达坂将世界一分为二，一侧水草丰茂，另一侧荒野无边。所有的努力，无论是从北向南，从琳琅满目的物质世界向空寂天地所做的精神追寻；还是从南到北，怀揣着从贫瘠迈向富饶的渴求；最终求得的也不过是一时的心安，和即便是每日朝拜的神也无法真正给予的安定。

我这次来新疆，并没有像以往那样，动辄上千公里顶着日月冒着风雪一路狂奔。我只是在伊犁州和朋友们简单走走，就连观鸟也很"佛系"，偶尔在夜里还会披上厚厚的衣衫出门看看漫天星辰。打动我的除了山川的辽阔、各种野生的花草鸟蝶，还有这里与人类相依相伴的马匹。

这些马儿在河流中沐浴，在草场上觅食，在山坡上晒着太阳，

守护夏特古道的"大猩猩"

用油光水滑的皮毛告诉我生活的惬意。很少能看到马儿狂奔，这让我对它们的认知少了很多以往奔腾驰骋的想象，多了很多平实。毕竟，生活就是生活，哪来那么多激昂？

隔着夏特河，阳光透过云缝照在对岸饮水的马群身上。我忽然意识到，这所谓的古道早已经废弃，当贯穿南北的通途修建之后，它就被扔进了历史的角落里，最多只是一个风景区的噱头罢了，而天山，却还是那座天山。

我非常怀念夏特古道的那只"大猩猩"，它噘起嘴，并非在嘲讽努力，而是在嘲讽世人的痴心妄想。

2018年7月

情在心底——白石峰寻鸡记

一

像梦一样,美梦。

在新疆伊犁待了二十余天。飞了六个多小时之后来到上海。一出舱门,竟然第一次发现上海真的很潮热。我在上海住了快二十年,以前可没这样的感觉。

新疆的风是爽朗的,即便在海拔三千米的地方也是如此。

那天一早就出门了,其实已经是北京时间六点钟,但是在伊犁,这个几乎是中国最西部的地区,银河还挂在天幕,启明星尚未升起。我背着望远镜、相机走在浅浅的月色下,路边的杨树成排成列,流水声穿过村庄在耳边低吟浅唱，老杨坐在马路边的车子里抽烟，那一点火花远远地就可以看到，像指路的信号。

三年前我和老杨见过一面，那是我第一次来伊犁州的时候，他送我到伊犁河畔的一片湿地观鸟，却因为单位有事，话都未能说上几句就匆匆别离，之后也就只能在微信朋友圈里彼此知道些对方的那些"鸟事"。

这一次我来伊犁因为自己的事多，时间不确定，而且也知道现在新疆大小干部们都忙得很，所以不想打搅大家，和老杨就没有单独联系，只是后来有点憋不住了想看金黄鹂，于是便在伊犁州鸟友群里问了问情况。然后便收到老杨的私信："要不要去看暗腹雪鸡？"

我承认，看到这几个字的时候我的内心是无比激动的，拿着手机的手几乎都在颤抖。但是我还是很冷静地克制住了，回复道："那岂不是要去高山上？来回至少得两天吧？我只有一天的空。"并且无奈地添加上一连串沮丧的表情……

半晌没有回音，我想这事也就这么算了吧。

晚上又收到老杨的两行字："一直在开会。大半天就回来了，去的话明天早晨六点我接你，能起得来不？""不睡觉都行，六点小意思，明天见！"

二

老杨戴着帽子，穿着厚厚的衣服，我几乎要认不出来。只有月光透过前挡玻璃照在他脸上，我才将他和三年前的那个行色匆匆的大哥联系起来。

情在心底——白石峰寻鸡记

  老杨说暗腹雪鸡就在白石峰上。我根本就不知道白石峰在哪里，直到我看了一眼路前方，才醒悟过来——原来这几天我在朋友家的小院里，天天坐北朝南闲扯淡的时候，对面乌泱泱横若屏风的那座大山就是乌孙山，而其中那个一眼就可以看到的白白的山峰便是白石峰。

  去白石峰必须走伊昭公路。在新疆，这是一条号称风景仅次于独库公路的绝美公路，但是和独库公路一样，因为山势险峻，出于交通安全的考虑，七座以上的车是禁止通行的。伊犁的朋友并不缺车，可我不会开啊。他们不在的时候，遇到饭点，我若不想自己在菜园子里采摘些青菜西红柿之类的煮面，就得先步行三分钟，再坐上晃晃悠悠慢到让人犯困的公交车，去附近国营奶牛场的场部找个小饭店解决问题。因为在新疆一切都慢悠悠的，我倒也觉得这般生

白石峰

乌孙山风光

活挺好——公交车上可以和大妈们聊聊天，逗逗可爱的小朋友——时光长长的，很温暖，我经常一不小心就坐过了站。

太阳出来了，照得白石峰成了金色，像涂了一层蜜糖，缓缓地流向山脚下的草原。伊昭公路上只有我们，哦，还有在山坡小灌丛上唱歌的林鹨和学艺不精、秀得自己一脸通红的普通朱雀，以及一大早就开始群体练习特技飞行的岩燕们。不过山谷里依旧还是静默的，矗立在那里的雪岭云杉，至少已有百年。

暗腹雪鸡还在很远的垭口上，然而路途每一个转弯都是一道壮丽的风景，这让杨大哥很难办，既不忍让我错失美景，又担心时间晚了暗腹雪鸡没了踪影，而且一旦白天车流量大起来，沿途便无法停车，观鸟之事便成了泡影。

不要以为这是很简单的选择，以为无论如何风景还在，先去找鸟儿便是。山在那里不会走，一日之内植被亦不会有什么变化。然而好的风光照是光与影的杰作，以及蓝天与白云的配合。日出时分色彩变幻的天空与云影造就的明暗倏忽的光线，每一秒，都求不得、舍不下、留不住。

但我首先是个观鸟爱好者。我忘不掉头一天晚上看到微信上跳出"暗腹雪鸡"四个字时内心的悸动。

白石峰下的停车场边，星鸦在寒气逼人的晨风中守着木桩不肯离去，它们已经习惯了在人居的地方寻找残羹冷炙，即便是被吹得衣衫不整它也不在乎。红嘴山鸦就不同，出门前总是要"抹好口红"，作为极爱社交活动的它们，这是生活里不可缺少的仪式感，再冷也要保持风度翩翩。

这冷风来自于白石峰背后还未融化的积雪。白石峰虽然海拔在雪线以下，但是地处南北天山正中的乌孙山，八月飞雪实在是再寻常不过的事。道路湿滑，我开始紧张起来。

我不是紧张车行安全，杨大哥的技术好着呢！我紧张是因为杨大哥的一句话："你留意山坡上，从这里开始，暗腹雪鸡都有可能会出现！"

可是，这山坡上全是大大小小的碎石块，我上哪去留意啊？暗腹雪鸡在这种环境下，它身上的保护色会令它看起来根本就是隐形的。我几乎瞬间就放弃了要找到暗腹雪鸡的想法，毕竟路上至少还可以看看活跃的红腹红尾鸲和呆呆的白背矶鸫，但我总不能跟杨大哥直接这么说吧，这也太怂了。

我们俩坐在车里，杨大哥手里的方向盘握得稳稳的，脚下的油门缓缓地加，目光紧紧地盯着前方的坡谷，而我的眼神则只剩下茫然——积雪、绿草、碎石、水痕、大山的影子，世界安静得让人忘记自我，远处的风景又壮观到让人热血沸腾——大地在翻滚，硕大的岩石像涟漪般散开、山峰凝固成浪花。我真的不晓得究竟该将自己的目光投向哪里。

杨大哥跟我说其实他自己来遇见暗腹雪鸡的概率也就一半一半。这句话让我颇为安心——啊，百分之五十的概率看不到，那我一个外地人第一次来，看不到很正常嘛。可杨大哥接着又来了一句："不过那谁谁谁特厉害，那小子眼神特别好，每次都能找到。"噫！被扎心了！

我自诩观鸟多年鸟运超好，看来今天找不到暗腹雪鸡恐怕是要下不去山的。

山坡上有羊，有马，有花花草草，还有黄鼠和旱獭，甚至还有野兔，哦，我看错了方向，不能看山下，得看山上，往高处看。可高处，哎……看不到，啥也看不到，就是看不到。嗯，也不对，有

情在心底——白石峰寻鸡记

蓝天和白云，白云像一只可爱的小兔子。

车过了垭口，南天山诸多雪峰猛地就跳进了眼底。停停停，管它什么暗腹雪鸡，我要先将这雪山收入镜头再说。估计当时在杨大哥的眼底我就是一个叶公好龙的家伙。一个伊犁人不理解我们这些生活在海边的人对雪山的狂热，就像我们不理解为什么他们在酒桌上端起酒杯从来不说"随意随意"，而是上来就以令人瞠目结舌的速度一口干了一样。

蓝天下雪峰如簇，如盛开在天空中的一朵朵白莲花。"也许那里有雪鸡。"我一边在镜头里构图，一边忍不住这样想。

杨大哥走到前面的路边去找鸟，我在原地搜寻。忽然我听到前

伊昭公路航拍（摄影：滕波）

方山谷里有叫声彼此呼应，急促且沉重，像武侠小说里描写的内功深厚的高手发出的短啸声。我赶紧小步向前跑，刚转了个弯，迎面遇见回来拿相机的杨大哥。我问："找到了？""还没，听到了，就是它在叫，你先去找。"

阳光照在山坡上，视野之内绿意浓浓，乌孙山的南面虽然不比北面潮润，却实实在在暖和许多，高海拔地区也不缺水汽，草儿生得茂盛也是情理之中。我有些喘，这才意识到这里海拔已经超过三千米，动静大了容易有高原反应。

于是我放弃了爬山坡的想法，只是沿着公路边缘行走，时不时停下来靠着护栏，抬头仰望。那叫声越来越靠近，虽不敢快跑，但也忍不住三步并两步地往前赶，祈祷着它们不要在我抵达之前就离去，祈祷着不要混在一堆石头中让人望而兴叹，祈祷最好距离不要远得只能看个轮廓连记录照都没法拍一张。

转角，停住！山坡草地上，暗腹雪鸡，一二三四五六七八九十！全都在五十米以内！时时埋头觅食、偶尔抬头看天，成鸟缓缓踱步，幼鸟紧紧相随，所有能预想到的画面都有了，上天如此厚爱我！

想打电话让杨大哥过来，这才发现这地方压根就没有信号；想跑回去喊人，又怕一来一回时间太长它们走了。干脆扯开嗓子喊？那可是万万使不得，别说风大距离远杨大哥根本不可能听得见，惊飞了身边的雪鸡，那是拍大腿蹲在地上懊悔也没法挽救的。想了想，还是决定跑回去喊人，如此壮观的景象不可以"吃独食"。

杨大哥终于开着车也过来了，我示意暗腹雪鸡所在的位置，可车到了跟前，刚才还很靠近的鸡群已经快爬到山顶了。时间已经是上午十点，公路上来往的车辆已经多了很多，无法就近停车，我们

情在心底——白石峰寻鸡记

星鸦

只能又向前开了两三百米。

一下车我就往回跑。可直到我看到最后一只暗腹雪鸡翻过山梁，杨大哥都没跟上来。足足有二十分钟，他都在车边上来回晃悠，车出问题了？

我一脸狐疑地走了回去，这才发现原来就在我们停车边的山坡上，因为是背阴面，几乎没有草，大片大片裸露的土壤，偶尔有些石头堆，六只暗腹雪鸡悄无声息地就待在那里，不留意根本看不出来。杨大哥不是不想跟我去看刚才那群，而是眼前实在是个绝好的机会。

这六只暗腹雪鸡给足了我面子，虽然受到山坡下人多车多的干扰，它们已经开始逐渐从低处向高处转移，但是移动的速度并不快，足以让我看清楚它们与土壤近乎融为一体的羽色：背部与侧面是一种青砖灰，夹杂着黄土色的暗纹，脖子与环绕胸口的焦褐色条纹，将雪白的脸颊和胸腹勾勒成了一块块大小不一的"白色石头"，只要它静止不动，便可以完美地融入背景环境之中。无论是天空中俯瞰的猛禽，还是躲藏在岩石中的雪豹，包括我们人类，都只能干瞪眼。

其实暗腹雪鸡的分布很广，在西部诸多高海拔山区都有，但是看过的人并不多，合适的交通线路，良好的天气状况，敏锐的观察力，还有无论如何都不能少的运气，缺一不可。

仅仅两个山头就有十六只之多，怪不得后来我将暗腹雪鸡的照片给本地朋友看，他们都说这就是山上常见的"嘎嘎鸡"，当我指出他们所说的"嘎嘎鸡"是另一种比较常见的鸟"石鸡"，与暗腹雪鸡其实很不一样时，他们就说反正我们这里鸡多得很，然后兴奋地跟我讲在伊犁河湿地就有一种很漂亮很漂亮的，比我手里暗腹雪鸡要漂亮一百倍的大鸡。我知道他们说的是环颈雉，俗称野鸡，真的很多，我在那边走半个下午就能迎面撞见二十只以上，而且不可否认的是，野鸡确实比暗腹雪鸡漂亮一百倍。但不用怀疑，作为一个鸟人，看到暗腹雪鸡的满足感是拥有华丽外衣的野鸡根本无法给予的。

暗腹雪鸡家族在这里兴旺的事实让我很开心，也很难仅仅用谢谢两个字来表达对杨大哥的感激。那天下山路过一望无际的草场和麦田，我只说了一句"要不要去看一下有没有大鸨（一种国内不容易见的大型鸟类）"，杨大哥手里的方向盘一个猛打，我们之后就多走了几十公里坑坑洼洼的土路。尽管并没有大鸨的影子，无数的蓝胸佛法僧、漠鹏和平原鹨，还有新疆多到让人难以忘怀的猛禽——黑鸢，一路倾情相伴。

情在心底——白石峰寻鸡记

现在是下午七点，在上海已经是吃完晚饭的时间了。可新疆的太阳应该还高高的——距离是真远啊，可回忆又那么近。

我还记得看到暗腹雪鸡的那天下午两点四十分，我和杨大哥在察布查尔县找到一家卖羊肉粉丝的店。除了高兴，我们俩也没说太多的话，因为羊汤的香气在嘴里，情分在心底。

2018年7月

暗腹雪鸡

银白杨与金黄鹂

小时候学《白杨礼赞》，昂扬的文字读得人热血沸腾，最后"全文背诵"的要求更是让人欲罢不能，直至精疲力竭到抽搐。

那时候我并没有见过白杨树。白杨是北方树种，南方几乎见不到。当时电视尚未普及，影像资料更是匮乏，然而作者那一句"它所有的丫枝一律向上"已经深刻地印在脑海里。只是我心底还是好奇，树长成那样肯定不能遮阴，有啥用？毕竟在南方的炎炎夏日里，唯有在法国梧桐或者榕树之类的巨大树荫下，才是一种惬意的幸福生活。

后来去了黑龙江，见到了白桦树，误以为是白杨，觉得这么美的树为什么作者要写成那样？白桦树就像十六七岁的小姑娘，青春着呢，每一片树叶儿在风中都那么活力四射地欢呼着，让人觉得炫目。还有一到秋季，那个金灿灿啊，要不是树上的一双双"眼睛"让人觉得不可亵玩，恨不得要抱着树干亲上一口，不是吗？再冷些，风里飒飒的落叶，却丝毫不带忧伤，就像是小姑娘在告别说："我先回家了，明天老地方见哦！"等到春来，急忙忙去看它，哇哦，嫩嫩的，全是新绿的叶子，眨巴眨巴眼睛正等着你。

可惜白桦真的不是白杨。

白杨果真就是一串向上的枝叶，挑不出什么美感，笔直笔直的，有些傻大个儿的感觉，也像一把把刺刀，冲着蓝天。可是一棵树为什么非要这么较劲呢？为什么不舒舒服服地伸展开呢？北方的大地上并没有多少可以与之竞争阳光的树种，着急忙慌地可劲儿向上疯长，图啥？

我现在在伊宁市平原林场旁边的一个农家小院里。平原林场是我们国家的杨树、榆树育种基地，小院被无数的白杨树环抱着，远处是壮阔的天山，院子里种了各种蔬果，这时节西瓜、甜瓜、西红柿、葡萄全都熟了，咬上一口，甜滋滋回味无穷。

伊犁河谷的丰美让我待在这里有些不想离开，尽管白日里阳光热辣得堪比海边，晚上却是凉风习习，月色迷人。在没有月光的日子里，星空又璀璨得让人不忍入睡。我一个人住在这里，拒绝当地朋友的众多邀请，读书、写作、一个人出门看鸟。吃饭需要坐公交车到五公里以外的国营奶牛场场部，公交车慢悠悠的，生活也慢悠悠的，一切都很舒服。

唯一让我心底有点别扭的，就是眼前的这些白杨树，"积极向上"得让我不安。白杨树并非好木材，多数用来做胶合板或造纸，但是它速生、耐旱、抗寒，而且可以用作防风林；作行道树虽然不遮阴，可是高高大大如仪仗队，威风凛凛，很气派，所以在中国北方广为栽种。我是个很懒散的人，做人做事也都随缘，最怕积极向上拼搏进取什么的，但这并不妨碍我支持别人这样。我对白杨树的

白杨树与彩虹

疑惑终归还是它为什么要长成这样,它可不是因为人类的需求才这样"昂扬"的。

若要严格论起来,白杨树是杨柳科杨属植物中白杨组的树种统称。中国原产有十种,分属于白杨亚组和山杨亚组。山杨、欧洲山杨、河北杨等属山杨亚组,而我们日常所说的白杨树,大多是指白杨亚组的银白杨、毛白杨等。新疆伊犁的白杨主要是新疆杨(银白杨的一个变种),还有前些年发现的本以为已经灭绝了的伊犁杨。

银白杨的树干是白色的,尤其是新疆杨,真的跟白桦树有得比。尽管细看之下白杨有些偏灰,树皮也略粗糙些,叶子形态完全不同,当初是植物"小白"的我,把白桦树当白杨树真的不足为奇。要说这人啊,越无知,便越分辨不了各种细节,总觉得眼底看到的便是一切,于是忍不住就用仅有的那一点儿零碎知识,妄图勾勒出整个世界。我等小人物班门弄斧、贻笑大方事小,真要是有了决策权的人也如此这般那可就坏了!

白杨树可以无性繁殖,扦插即可,在河流两岸往往长势极好。伊犁河谷水量充沛,大河奔涌,小河静流,又因为人烟相对稀少,除了主城区,河道大多保持着自然状态,形成了"河滩柳、岸边杨、沙上鸥、水底鱼"的独特风光,温柔与力量兼备,俊俏与灵气闪动。即便你算不上一个大自然的观察爱好者,走在这样的地方,也会本能地身心愉悦。

带着前面提到的疑问,我望着那些白杨树出神。

连山斑鸠都很少落在它上面——白杨树几乎没有横干,枝丫全都直直的七十度角向上,实在不是落脚的好选择。对那些原本就喜欢站高枝的鸟比如伯劳一类来说,白杨树又太过高大,会直接增加俯冲捕猎的耗时,不划算。猛禽就更不喜欢待在这里了,瘦瘦的树冠密实的枝条,起飞时想张开翅膀都困难。

只有喜鹊偶尔在白杨树的枝间左右腾挪,奋力跳跃,伴着嘎嘎的尖叫。但是它们大多也待不久，这些高大的白杨树仿佛是它们的滑翔跳台，翅膀一张，双腿一蹬，便拖着墨绿色的长尾巴从空中滑过，我跟身边的人说："瞧，抬头见喜！"其实小嘴乌鸦也会这么干，只不过人都爱听点吉利的，我犯不着让人家去仔细听老鸹叫，免得惊出他们一身冷汗。只有对鸟很有兴趣的人，我才会告诉他们，在另一些文化里，乌鸦是神鸟。

我知道白杨树爱生虫，尤其是天牛和吉丁虫，对白杨树而言一旦泛滥都是致命的。天牛种类多，不少个头大，还有一身"盔甲"，危害白杨树的杨十斑吉丁虫虽然只有两公分，但一生都勤勤恳恳地由内而外吃着白杨树。新疆常见的大山雀、灰蓝山雀之类小型鸟儿虽然享有森林医生的美誉，但对付这两种虫似乎都有些力不从心。要啃硬骨头，嘴就得够硬，白翅啄木鸟当仁不让，"深挖洞、广积粮"策略坚持得妥妥的，而且时常一雄一雌搭配着干活，绕着树干走出一个类似DNA的"双螺旋"路线，让树皮之下的虫无处逃遁。不过啄木鸟对整体健康的白杨树没啥兴趣，它们就像是ICU病房的医生，只看重症患者。

白杨树还有一位日常的"医生"，那是我朝思夜想要见的一种鸟儿。

金黄鹂，我第一次来新疆观鸟的时候就听见它躲在高高的白杨树冠里大声叫唤，然而一行不乏国内最优秀的观鸟爱好者们，却无一人能找出它的芳踪，最终抱憾而归。

金黄鹂在新疆是夏候鸟，数量并不算少，可是它只爱栖息在高高的白杨树冠层，我们站在树底下，那些向上的枝丫和风中不停晃动的树叶，就像是一层层变幻莫测的伪装网，将金黄鹂的身影裹得严严实实，不容窥视。

我第二次来新疆同样一无所获。如今这是第三次了，人说事不过三，我下定了决心要看到它。可接连两天在烈日骄阳下寻寻觅

银白杨与金黄鹂

觅、挥汗如雨也还是一无所获。搞得我忍不住在微信朋友圈里发文抱怨,没想到竟然惹来一帮见过金黄鹂的鸟友都在跟帖嘚瑟,气得我第三天一早就拿着望远镜和相机出门了。

还是没有金黄鹂的影子。现在是七月份,已经过了繁殖季,它不再歌唱,更难被发现了。幸亏森林、河流和住在里面的一切精灵有强大的力量能抚慰心灵,我很快就忘记了金黄鹂,沉浸在与一群色蟌相遇的喜悦当中——它们简直就是一群舞娘,是妙曼的化身,是水边的爱迪丽娜,就连芦苇丛中惊起的野鸭都无法将我的注意力从它们身上引开。几位维吾尔族村民见我趴在水边拍摄,走过来提醒我当心落水。我爬起来,顾不得拍去身上的灰尘,把相机里的照片翻给他们看,不出意外,收获了一张张带着惊奇眼神的笑脸,那些灿烂的笑容一样美得让人心甜——快乐这东西,即便很小,却很神奇,总是越分享越多。

午睡后和伊犁的小兄弟康义再去找金黄鹂。康义就像无数从其他省市到新疆的疆二代一样,早已视新疆为故乡,他们的身上,似乎都有一些共同的烙印——阳光的热情、草原的胸襟,以及白杨树

华丽色蟌(cōng)

一般高大挺拔的身板儿。这几天康义的老母亲生病住院刚有好转，他得知我寻金黄鹂未果，一定要陪我去找。我不忍，后来一是推脱不掉那份热情，二来想想一起去户外走走他也能散散心，便答应了。

康义并非"鸟人"①，拿着我的望远镜看鸟也是个新鲜事，不住地啧啧称赞。我们在芳草湖边的伊犁河湿地兜兜转转，渔鸥、普通燕鸥、凤头䴙䴘、家燕、新疆歌鸲等看了个遍，却始终找不到金黄鹂的影子。我告诉他盯着白杨树顶看，却也只找到喜鹊以及附近惊飞的一只褐耳鹰。白杨树林里的小虫和蚊子多，他显然第一次承受如此密集的"袭击"，不住地抓腿。我说走吧，找不到算了，康义不肯，总是说："再等等，再等等"。于是我们仰着脖子继续，走渴了就"偷"农家乐里又大又甜的西红柿咬上一口，满满的新疆味道。

刚吃完西红柿，我就看到树梢上有鸟的影子，只是白杨林实在太过密集，瞬间那鸟就不见了。看体型我知道那定是金黄鹂无疑，然而夕阳下白杨树的叶子泛着金光，如何从中找到同样金光闪闪的鸟儿，真是个难题。好在皇天不负有心人，那鸟儿再次飞起，三番两次地追踪失败之后，它终于落在一个细小的恰好没有遮挡的树枝上，手里的相机抬起来瞄准，快门赶紧按个不停——机不可失啊！

观鸟就是这样，放弃的边缘往往就是收获的开始，而且一旦看见，就能神奇地接二连三地发现目标。等我终于心满意足地说："走吧，我过足瘾了。"康义笑着对我说："走，去吃架子肉。"我说今晚我请客，太开心了。康义挠着起了无数个包的腿肚子大笑，可等我们把那香喷喷的烤肉吃到肚子胀的时候，他却一个健步冲过去把单买了。

回来之后整理照片，却发现这金黄鹂有点儿不对劲，再仔细看，竟然是印度金黄鹂（由之前的金黄鹂一个亚种提升为种），比

---

① 鸟人，是中国观鸟爱好者们的一种自嘲。

金黄鹂色淡，眼纹更长，尾羽不够黑，再问问伊犁本地的鸟友们，得知印度金黄鹂和金黄鹂在伊犁河谷是都有分布的。这下好了，原本以为可以平息的欲望，又开始蠢蠢欲动。

我的相机里，一只雌性的印度金黄鹂叼着一只天牛，它果真是白杨树的好医生。我忽然有点明白为啥白杨树要长成这样了，这宝塔一样的树冠正好为金黄鹂这样的好伙伴提供了完美的保护，让它们少受干扰，避开天敌，尽情地欢唱和繁衍。

你瞧，我又开始自作聪明了。

也许我永远都无法了解白杨树真正的秘密，也很难对金黄鹂的生活做到细致入微的观察，但不管怎样，这里的树、鸟和人都有一股让人着迷的气质，也许在新疆这块土地上再待久一点，我也能沾染上几分。那是我很乐意的事。

2018年8月

印度金黄鹂（雌）

脚下是中国——格登碑

"巴图鲁",满语,和蒙古语中的"巴特尔"同源,意为"英雄、勇士"。

第一次听说这个词是少时看金庸小说《鹿鼎记》。先是鳌拜被誉为"满洲第一巴图鲁",后来设计杀掉鳌拜的韦小宝又被钦赐"巴图鲁"勇号。鳌拜是个老坏蛋,韦小宝是个小不正经,搞得"巴图鲁"这个词在我的印象里,总带着一种挥之不去的滑稽感。

但世上毕竟是有真英雄的。

格登碑矗立在中国新疆伊犁州和哈萨克斯坦边境线附近的格登山上。山下一河之隔便是哈萨克斯坦的集体农庄——得益于河水的灌溉,翡翠般的树林神奇地出现在这草原之上,农舍掩映其中,与国内鸡犬相闻。不

哈萨克斯坦农庄

过所谓高度决定视野，视野决定战略，站在格登山上俯视，农庄生活和边防军的操练历历在目。可想而知，若是两国军队对垒，格登山实乃兵家要势。

如今中哈睦邻友好，边境缓冲区的小房子里，两国边防每周都有会晤交流。久无战事，边防又少有人来人往的干扰，何况长河弯弯、草原与森林交错，时间一长，鸟儿们自然把这里当成了天堂。秃鼻乌鸦、粉红椋鸟、普通燕鸥、蓝胸佛法僧等飞来飞去，也不用办什么签证，好不快活。只可惜我不是鸟儿，享受不到这样的特权，只能呆呆地站在格登山上，用意念随它们一起去遨游。

其实，很多年前，河对岸也是我们的，那时候我们还叫大清国,管事的那位就是最近爆红的电视剧《延禧攻略》里被大家戏称为大猪蹄子的乾隆。

　　我身边的这个格登碑,内容和题字,都是他亲自写的。这也是乾隆在新疆地区仅存的亲笔题词。乾隆很自恋,凡是他去过的地方,题字无处不在,就连我老家附近一处并不出名的山上,都能找到他那往好了说是秀气,说白了就是柔若无骨的题字。然而新疆距离紫禁城实在是太远了,乾隆并不曾来过。如此,还非要亲自题写碑文,让人花了一年的时间从叶城刻了碑再拉过来竖在这里,可见在他内心,此碑的意义非同小可。

　　乾隆的文章和诗读起来味同嚼蜡,这格登碑的碑文或许算一个例外。上来就是先抑后扬:"格登之巀嶪,贼固其垒。我师堂堂,其固自摧。格登之巀嶪①,贼营其穴。我师洸洸,其营若缀。"言下之意:格登之险要虽被敌贼善加利用,却被我方一一消解,可见我军之厉害。既然是出师灭贼,可见格登碑是纪念一场战争的。"我师"自然是大清,"贼",指的是漠西蒙古准噶尔部。

　　清朝早期,蒙古族被分为漠北、漠南和漠西三大区系,大致分布相当于今天的蒙古国、内蒙古和新疆地区。当时的漠北蒙古族算是满清政府的朋友,漠南蒙古早就归顺,到了顺治年间,漠西蒙古四大部落联名上表臣服清政府,也是正式归顺。

　　然而康熙年间,漠西蒙古族中的准噶尔部日渐强大,另外三家,杜尔伯特部落远走漠北,和硕特部落被赶到青海、土尔扈特部落逃亡至伏尔加河流域,膨胀的野心加上沙俄的教唆,让时任准噶尔汗的噶尔丹做起了"蒙古王"的美梦,把战火烧到了漠北甚至漠南,直指京师。一方面是漠北蒙古族的求助,另一方面事关国之安

---
① 巀嶪,音同"节皮",意为:挺立有加的样子。

定，彼时长江以南还是吴三桂的天下，康熙也不得不前后三次御驾亲征。虽然最终逼得也算一代枭雄的噶尔丹吐血而亡，但是准噶尔部落随后的历代首领始终贼心不死，甚至变本加厉，更试图染指西藏。这也是为什么雍正年间大败准噶尔的年羹尧当初敢于居功自傲的原因。直到乾隆年间，准噶尔部落的贵族首领们为了争夺汗位开始内讧，而且对其他小部落暴敛欺凌的程度已经让当地民众无法忍受……

于是，准噶尔部落的好运结束了。

乾隆决定主动出击，一七五五年平定准噶尔大军"师行如流，度伊犁川"，史料记载平准所到之处，"大者数千户，小者数百户，携酮酪，献羊马、络绎道左，行数千里，无一人抗颜者"，包括准噶尔部的不少官员也相继归顺，准噶尔汗达瓦齐望风而逃，退到格登山。

格登碑上有这样的文字："三巴图鲁，二十二卒，夜斫贼营，万众股栗。"

二十五人而已，原本是夜行的"侦察兵"，直接就决定了这场战争的胜利——擒获大小首领二十余人，降者六千五百人——乾隆实在吝啬，这二十五人，应该人人皆称巴图鲁才是嘛！不过，这一次，达瓦齐跑了。

然而，往哪里跑呢？达瓦齐率残部沿夏特古道好不容易翻越南天山进入南疆，却被乌什城主霍集斯伯克擒获，五花大绑直接献给了平准大军。

"人各一心，孰为汝守？汝顽不灵，尚窜以走。汝窜以走，谁其纳之？缚献军门，追悔其迟！"写到此句之时，乾隆该心安了。

可惜，哪有那么容易？

原本希望打败达瓦齐取而代之，所以才归顺清政府并被任命为平准大军定边左副将军的阿睦尔撒纳，一看乾隆要加强对西域地区的管控，自己图谋落空，就公开叛清。而刚刚承蒙圣恩，从准噶尔残暴统治中被解放出来的白山派穆斯林首领大、小和卓转瞬间背信弃义、出尔反尔，乘机控制了天山南部喀什、莎车等地。

一七五七年，清军再度出兵伊犁，摧枯拉朽，阿睦尔撒纳被灭。一七五九年，大、小和卓的叛乱被平定。

至此"准噶尔荡平，凡有旧游牧，皆我版图"。

天山南北、阿尔泰山东西，一直到帕米尔高原和巴尔喀什湖以东、以南的广大西域地区，终于置于清朝的有效统辖之下。龙心大

南天山北坡风光

悦的乾隆一口气作了《御制评定准噶尔告成太学碑文》《御制评定准噶尔勒铭格登山碑文》《御制平定回部告成太学碑》《御制平定回部勒铭叶儿羌碑》四篇碑文记录作战经过，表彰将士。只可惜，两百多年过去了，唯剩格登碑基本保存完整，虽历经风雨地震，依旧屹立山头。

真遗憾，世上没有什么一劳永逸的事情。

一直躲在准噶尔部背后的沙俄以及后来的苏联，策反、侵占、威逼等各种手段用尽，清政府的版图越来越小，国民政府的版图越来越小，就连中华人民共和国的领土也每每遭到觊觎。直到改革开放之后新中国才真的强大起来，那些边境才逐步勘定。格登碑是清政府对西域有效统治的历史证明，碑下的土地，理所当然要划在我方的边境线内。

现在的中国，不会再发生当初哈萨克农牧民集体逃往苏联（如今格登山下的哈萨克斯坦）的事情了，原因很简单，我们比他们的日子过得更好。蒙古族的农家乐小院里花开得艳、肉炖得香、儿女笑得甜。其实，当初强大的准噶尔部落军队为何最后落荒而逃？无非是人心向背。古人云：自作孽不可恕。乾隆自觉是个大英雄，可照我看，上天并非有意成全乾隆的十全武功，只不过是假借他的手，让人世间还有理可循罢了。

格登碑附近都是低矮的草皮，却有一朵花葶高耸的紫色小花，高贵典雅，显得很特别。这花儿先前我并未在别的地方见过，就像我之前也不曾见过格登碑一样。

"也许是鸟儿担心格登碑有些寂寞，从远方带来的种子吧。"我

戈登碑亭与紫毛蕊花

正瞎寻思着,抬头看见一只燕隼越过哈萨克斯坦的农庄上空,向南继续飞去。那里,南天山如帘幕般的冰川在骄阳下银光闪动,如巴图鲁们身上泛着寒光的铠甲银袍。

让人高兴的是,那里的山,是中国的。

2018年8月

大地上的歌舞

"少数民族天生就会歌舞。"从小到大，这算是被灌输成了近似公理的观念了吧？

然而，我很清楚，没有人是天生注定会做什么或者适合做什么的。那为何在新疆，我遇见的每一位少数民族同胞，都能歌善舞呢？

天性还是环境？这是个问题。

鸟儿天生就会鸣叫，但鸣叫和鸣唱是两回事，前者是嗷嗷待哺的本能，后者是情绪的表达，从紧张到欢快，静下心认真去听，你可以分辨得很清楚。歌舞类似，谁都能来几下，可真想唱得动听、跳得节奏分明并非易事，这和鸟类的鸣唱一样，都是要后天学习的。

一只鸟儿可以没有华丽的羽毛，然而只

要有一副好嗓子就足以让人为之疯狂，以至于八哥这种几乎浑身黑漆漆、画眉那般如同在黄泥中打过滚儿的鸟，竟都成了笼养鸟市场上的宠儿①。即便是在严厉打击非法饲养野生鸟类的今天，相关的非法交易依然很活跃。因为"叫口好"，西安花鸟市场上的黄腹山雀、天津的蓝喉歌鸲、南京的暗绿绣眼鸟等，都成了囚徒②。那些叫声，在我听起来，焦躁且愤怒，即便是到了求偶期，也是哀怨远大过欢欣。笼养鸟多半难以善终，其实不难理解的。

仔细想想，汉族的歌舞大多跳在舞台上，而在新疆，歌舞是跳在大地上的。

在舞台上跳，是跳给别人看的，如果不是独舞，还得讲究和众人的配合，少不了各种拘束和规矩。在大地上跳，其实是自己的心情在跳舞，最多也只需与舞伴心意相通，无须顾忌太多，尽情表达，无拘无束。

帕热曼说羊肉吃多了要消化，于是跳起了骑马舞。这可不是韩国"江南style"那种让人无法直视的尬舞，而是一种源自蒙古族的充满了力量感的舞蹈——尽管帕热曼是个漂亮的维吾尔族女孩。身体前倾，低头颔首，目光紧盯正前方，胳膊前伸微曲如拉缰绳，左右脚交叉，利用胯部力量左右摇晃身体，制造出恍若骑在马上的颠簸感，这自带节奏感的舞蹈立刻引得众人纷纷效仿。

玛依努尔是来自帕米尔高原的一位温婉的柯尔克孜族女生。闲聊的时候她曾问我："老师，为什么有人会自杀？有什么忧愁是唱

---

① 尽管八哥和画眉均是传统笼养鸟市场中常见的鸟类，但是根据我国最新的野生动物保护法，八哥和画眉均属于国家保护动物，禁止作为宠物饲养，违者将承担严重的法律责任。

② 随着2020年最新的野生动物保护法的实施，上述情况已经得到了很大的改善。

歌跳舞不能排解的？"我一时间无言以对。后来我尝试告诉她很多人的生活压力很大，不是每个人都能学会正确对待的。玛依努尔又说了："为什么他们对生活需要那么多？小时候，我们老家条件很艰苦，生活不好，但是我们很知足也很快乐呢！"我能说什么呢？她是对的啊！

正在跳舞的维吾尔族大叔

那些公园里跳舞的大叔和阿姨，包括在新疆生活的汉族在内，他们很自豪地跟我说，新疆人的广场舞才是跳舞，而内地的广场舞只能叫"跳操"。是啊！扬眉转眸、晃头移颈、拍掌弹指、昂首、挺胸、立腰、旋转，所有的激情和柔情都融汇在一起。舞伴之间的默契、纠缠甚至斗舞，笑容始终洋溢着，或深情款款，或闷骚逗趣。这自由奔放的新疆舞啊，当真看不得——看了就脚痒痒，心也跟着痒痒。

同理，歌唱也是如此。

年轻的小伙子乌兰抱着库姆孜轻轻地拨弦弹唱，我们听不懂歌词，却能听懂那淡淡的欣喜和忧伤混杂在一起的纠结和惆怅。他说这是他写给初恋情人的歌。我们坐在草原上静静地听，从山谷里跑过来的风也停下了脚步。

我去朋友的三哥家做客，他一家子举着酒杯，从《花儿为什么这样红》唱到《怀念战友》，从《小白杨》唱到《喀什噶尔的胡杨》，一首接一首，歌声与酒，都不曾停过，我只有先醉为敬。

屋外星垂四野，毡房内的大通铺上，萨依提睡在我旁边的被褥里，半夜被我的鼾声吵醒，戴上耳塞才勉强渡过漫漫长夜。天亮之后，他竟然一点儿不恼，说我的鼾声像歌声一样富有变化。

也许，最初是因为游牧生活简单重复，需要歌声与舞蹈来调剂；也许，最初是因为地广人稀，远方的客人来了后要牵手狂欢。但是当歌舞已经融入一代又一代新疆人的生活后，它便既是环境也成了本能。这本能是源自于人类心底与他人交流的渴望，无论族裔、外貌、生活习惯，它促使我们寻求包括但又远远不限于语言之外的方式去沟通和理解。歌舞，也许从岩画时代开始，就是最行之有效的方式之一。

或许也正是这种本能，赋予了樊笼之外的鸟儿"百啭千声随意移"，令其"自在娇莺恰恰啼"，让它们"敛形藏一叶，分响出千花"，使之"入春解作千般语"。读诗每至于此，想起那些在新疆看到的歌舞和那些人，心有戚戚焉。

2018年8月

月亮、草原、鸟和古龙的英雄

日落长河,月出天山。

古龙在他的小说《欢乐英雄》中这样写道:"月亮,月亮很亮。"

天山的月亮,就该这样写。

我对九曲十八弯中的九个太阳兴趣不大,因为那是虚幻的。当真正的夕阳在雪山背后隐匿,眼前所有的辉煌都在刹那间枯萎,万物失色,寒风急至,天地顿入昏暝。是月亮,唯一的月亮,拯救了这一切,它在我们身后悄然升起,将银光洒满大地,静谧而温柔。别说我们,连空中原本不肯退场的霞光都看呆了,红了脸,然后心甘情愿地将天空的舞台让给了这如冰鉴一般、很亮很亮的月亮。

人群急速散去,我想留下来。

儿子娃娃

也许是我想骑在马上看自己的影子飞起来的模样。

踏过草原的马蹄定然是香的。月下的花儿失了颜色，却并没有失去芬芳。这是七月的天山，是草原上鲜花盛开的时节，来到这里不就是为了深深地吸一口这里的气息——带着一百种花香的气息么？这香气，是带着甜味的。

晚归的鹤群，在头顶用鼓翼的舞姿和高亢的歌声送别我们。月光下，开都河水面流银，蛙声传得很远，那些白天躲起来的狼和狐狸该出动了，我看不见它们，月光替我看见了这一切。

已经是晚间十一点半，小伙伴们因为困倦已在大巴车上睡着了。月光穿过车窗照在他们脸上，白天乌泱泱的蚊子大军留下的

月出天山

"印记"还在，那是他们跟随我沿着湿地边缘穿越花海时的"收获"。

他们并没有真的埋怨我，不仅仅是出于对我的信任（我说了这些蚊子咬人之后并不算太痒），也是因为映入眼帘的湿地之美令人不知不觉地忘掉眼前"挥之不去"的烦恼。至于回去后大家是不是要跟我算账，我心里也没底。同行的滕哥推荐我去看古龙写的《欢乐英雄》，这是一本关于情义和信任的书，古龙在书中对人性充满了信心。如此推断，大约我是可以平安无事的。

巴音布鲁克草原上有一座土尔扈特人的寺庙，当地人俗称"喇嘛庙"。土尔扈特人是蒙古族的一支，他们的祖先从伏尔加河流域历经千难万险回到大清朝的疆土之后，这片草原就成了他们的家。游牧民族的寺庙原本都是在毡房里的，和他们的家一样，可以随时带走。当现代的土尔扈特人开始真正地在巴音布鲁克草原上定居之后，"移动的寺庙"便没有必要了，一座金碧辉煌的寺庙成了天山腹地的新风景。

白天我们经过喇嘛庙的时候，发现一只雏燕落在地上，担心它会被狗吃掉，便合力将其托回屋檐之上。附近坐着几位喇嘛，看着我们的举动，面无表情。

等我们绕着寺庙转经一周再回到雏燕被放置的地方时，发现那只命运多舛的小燕子竟然又跌落下来，在草丛中瑟瑟发抖。我们试图再次将它放上屋檐等待它的父母前来喂养，一个僧人忽然开口说："你们不要去弄它了，它父母会来喂食的，你们手摸多了，沾了人的气息，老燕子就不喂了。"

其实大多数鸟类的嗅觉并不是太好，只要手上没有涂抹香水什么的，成鸟并不会因为我们的触碰就轻易放弃喂养（很多时候成鸟放弃喂养是因为难度太大或者是出于对人类过分接近的恐惧）。从喇嘛忍不住才和我们说这些话的表情看，他应该有足够多的观察和经验保证这只雏燕的父母会前来喂养它。先前之所以不说任由我们的行动，其实是怕冷了我们的善意，而这一次选择阻止，则是出于对雏鸟的慈悲和试图开启我们的"智慧"。

不能不救，因为不救是不对的。

也不能乱救，因为乱救只是图自己心安，并非真的慈悲。

无奈，人的智慧终究有限，所以千古以来面临很多抉择之时，莽撞的英雄会觉得后悔，过于冷静的人则可能错失良机。如果是你，你会怎样选择？你身边最亲近的人会怎样选择？你又打算如何回应他们的选择？

在小说《欢乐英雄》里，古龙说要无条件地相信他们的选择。难！但其实也不难。就像我愿意相信别人直到有确凿证据对方不值得相信为止，不是因为别的，是因为相信别人的人比较容易快乐。我这辈子成不了小说里的那些英雄，但至少可以学他们那样，尽量做到欢乐，因为我信任很多人，很多人也信任我——这是我们共同的福气。

佛家云，色即是空。世间变幻之事太多，什么是实？什么是虚？白天在"九个太阳"的照耀之下，开都河湿地上空飞翔的究竟是灰鹤还是蓑羽鹤？距离一远，阳光越灿烂，空气扰流便越严重，辨别也就越发困难。也许我确实有足够的经验区分它们，但这真的很重要么？

雪山下，绿的草、红的花、蓝的湖、银的河，都是鹤群飞舞的

开都河

背景，如果这个时候在你耳畔吹一曲《在那遥远的地方》，你是否会情不自禁地潸然泪下？如此，那只鸟究竟叫什么名字又有何意义？

快乐的原则之一便是"简单，且懂得遗忘"。《欢乐英雄》里的郭大路便是如此。

快乐的原则之二是"心里有数，看破不说破"，《欢乐英雄》里的王动曾这么认为，但这其实是错的。因为"不说破"就很难遗忘，心有千千结的人是无力持续快乐的。

《欢乐英雄》里的人们，最终没有了秘密。而那些飞鹤之中，既有蓑羽鹤，也有灰鹤。它们并非先前我们以为的那样，彼此保持足够远的距离，老死不相往来，它们其实是关系很不错的邻居，甚至是好朋友。

月亮，月亮很亮，照亮一切。

我忽然懂了李白为什么会写："唯愿当歌对酒时，月光长照金樽里。"

2019年7月

观鸟、狗屎运和成长

伊犁河谷不只是宽阔，它还很美。

河滩上，杨柳依依，河道曲直多变，从空中看像是伎乐天舞动的飘带。鸥、鹭还有各式各样的鸟儿在西风中起舞，鱼儿跃出河面，在朝阳中撒落金色的水花。

河边大大小小的池塘星罗棋布，有些被改造成了养殖场或者钓鱼塘，有些则保持着自然风貌。芦苇丛在岸边围出一段段高墙，新疆歌鸲躲在里面放声歌唱；水中央的高地上，小香蒲成片生长，白骨顶和黑水鸡宝宝不时从中探头，打量水面上父母们的身影，焦急、胆怯但又跃跃欲试。空中，普通燕鸥、白额燕鸥正得意地炫耀着自己高超的飞行技巧，在优雅曼妙和势如闪电之间切换自如。它们的孩子胃口惊人，并不像黑水鸡和白骨顶的幼鸟那样刻意躲藏，而是站在水中央没有什么植被的小洲上，向天空伸长了脖子大叫乞食。小䴘䴘和凤头䴘䴘的幼鸟已经开始跟着父母在水面上游弋，还时不时地模仿着试图潜水、捕食。尽管总是一无所获，尽管还需要长时间的练习才能炉火纯青，但毕竟它们已经开始了对这个世界的自主探索，就像我身边这些正在飞速长大的孩子们。

这些孩子和他们的家长跟我观鸟大多已有三四年时间，此次新疆之旅的初衷，便是送他们一份小学毕业礼物，毕竟对很多孩子来说，这可能是他们读大学之前最后一次长途之旅。严酷的学业竞争让每一个家庭都"亚历山大"，我无意批评现在的教育制度，也没办法安抚焦虑的家长们，我只能带他们看看大好河山，希望大自然能在众人心中留下一些慰藉。

一只欧斑鸠从我们头顶飞过，落在附

金黄鹂

观鸟、狗屎运和成长

近的一棵树上。那里有一只灰斑鸠。仔细看，竟然还有一只罕见的斑尾林鸽。它的个头可真不小，脖子上的羽毛泛着漂亮的辉光。正忙着看它，头顶又滑过一道阴影，不用看便知道是褐耳鹰，它是这里的老居民了，我来这里三年，看了它三年。

但是三年了，我却连一次金黄鹂都没看到过。去年就专门冲着金黄鹂来的，结果康义兄弟陪我在树林里转悠了好久，被蚊子咬得不轻也没看到，不过意外地看到了印度金黄鹂，也算是幸运。今年我又来了，金黄鹂，你在哪里呢？

"看到了，看到了！"刚到杨树林边，就听孩子们喊起来，然后就看见有长焦相机举起来了。这也太不可思议了吧！我将信将疑地望过去。可不是嘛，错不了的！金灿灿的一只鸟儿，就在杨树顶端光秃秃的枝丫上站着，侧着身子四处瞭望。翅膀一张，它像一只大大的金蝴蝶闪进林子里了。大家都没来得及拍到像样的画面，就连看都没看过瘾，哪肯罢休？于是集聚在一起左右移形换位，伸长了脖子试图觅其芳踪，生怕"黄鹂一去不复返"。

没想到，不到一分钟，金黄鹂居然又飞了回来，嘴里还多了只倒霉的天牛。

雌鸟也来了，尽管没有雄鸟那么靓丽，但也如同一片被阳光亲吻过的绿叶般不落俗套。它的保护色很好，若不是飞起来，我们根本注意不到。路边，前两日我们在乌鲁木齐红山公园寻寻觅觅却不见踪影的灰蓝山雀，此刻，唱着小曲儿跳到了眼前的树枝上。

等大家终于心满意足不再仰着头走路，才发现在我们路脚边上，有一坨新鲜的狗屎，这么多人走来走去，竟然奇迹般地没有一个踩上去。

大天鹅

　　此番新疆的天山之旅，尽管观鸟只是我们行程的一小部分，但是我们的鸟运实在是好。

　　在乌鲁木齐南山，大家刚拿出望远镜就看到国内相当少见的红背红尾鸲蹲在电线上。白鸟湖的白头硬尾鸭今年只来了一对，日日巡逻的管理员都没见，却在两百米外被我一眼看到。在艾比湖，狂风大作飞沙打得腿疼，本没有几只鸟儿肯飞出来，难得一遇的黑浮鸥却从我们面前翩然而过。在察布查尔县，原本安排了两个小时搜寻暗腹雪鸡，结果停车不到五分钟就有家长看到一只大芦花鸡模样的鸟儿飞上山坡，众人拿起望远镜一看，个个喜笑颜开。有人顺手拍了一只停在暗腹雪鸡旁边的白背矶鸫，放大一看，白背矶鸫背后有四个黄色的点点，不是满山遍野的侧金盏花，而是四张张得大大的，正在乞食的鸟宝宝的嘴。

观鸟、狗屎运和成长

等到了巴音布鲁克的开都河湿地，大天鹅就在眼前。英雄的黑鹳母亲独自养育了四只雏鸟。白斑翅雪雀们站在岩石上欢迎一路攀爬的我们。灰鹤群和蓑羽鹤群不仅白天清晰可见，还在月出天山之际，飞过头顶，用高亢的鹤鸣为晚归的我们送行。在壮丽的独库公路上，站在垭口的我们，任由胡兀鹫的影子擦过身体。荒石坡上的高原岩鹨有完美的保护色，却迫不及待地跳到拍摄风景的镜头前；玩雪的时候，有队员看到在山体上快速横向移动的动物，疑似雪豹！鸟运如此亨通，这得攒多久的人品啊！

思前想后，大家一致觉得我们就是有"狗屎运"，听起来不雅，但心里真是美滋滋的。

孩子们，包括大人们，原本的焦虑、紧张，在面对大自然的时候，不知不觉间就得到了放松，脸上的笑容随时都能溢出来。当对

四只黑鹳雏鸟

自然的喜爱已经深入骨髓的时候，大自然就是你最好的疗愈师。当初我写博士论文每每殚精竭虑，便拿起望远镜去学校后山的林子里观鸟，远处的海风将它们的合唱送入我的耳朵里，送进我的心底。等到心平气和了，思想的发动机就会重新轰鸣。

　　一路走来，我们享受着上天的恩宠，那其实是因为我们从不曾放弃。努力的人，运气都不会太差。

　　伊犁河谷之所以那么美，归根结底，她是一条自然流淌的河流，没有那么多约束，哪怕身边就是沙漠也无所畏惧。她开开心心地、日日夜夜地流，流成了醉人的画卷。

2019 年 7 月

儿子娃娃

草原上最帅的男人永远是骑手。

挂着鼻涕的五六岁的娃娃,只要翻身上马,挺直腰杆就瞬间成了一个男人,更别提扬鞭探身策马飞奔时自带的一股豪气,让我们这些从其他省市来的成年人,看得那叫一个汗颜。

新疆人说话爱用叠字,夸人的方式很特别。

说一个男人是"儿子娃娃",若按照字面意思,在国内大多数地方很可能会惹恼对方。然而在新疆,"儿子娃娃"几乎是一名男性可以获得的最高表彰,含义类似"够爷们""真汉子",是大大的赞美。义气、守信、勇敢、优秀、帅气……中国文化中几乎所有对男性品质的褒奖都可以浓缩在这四个字里。

当你竖起大拇指对小骑手说一句"儿子娃娃",他脸上的笑容在瞬间绽放得宛若天山红花,却又带着一点点羞涩。他会低下头,用漂亮的大眼睛偷偷看你,睫毛像蝴蝶的翅膀一样忽闪,他会抿着嘴唇,只是嘴角已经翘成月牙儿。

若是年纪大一些的少年,甚至二三十岁的青年,除了"儿子娃娃",你再对他说一句"咦——骚着呢",那对方就要得意上天了。"骚",在如今的新疆口头语中绝对是一个褒义词(针对男性的),没有远超众人的两下子,可是担不起这个"骚"字的。

父亲维吾尔族、母亲回族的初三小伙子小马,炫技一般拉完了一串中外手风琴名曲,我们集体对他来了一句"咦——骚着呢",他听了眉毛都快从脸上飞走了。

尽管我最早是受了课文《天山景物记》的蛊惑,以及怀揣着长

哈萨克族小骑手

大了要娶能歌善舞的维吾尔族漂亮小姑娘当老婆的梦想，才对新疆念念不忘，但五年前第一次到新疆只是单纯为了观鸟。随着第二次、第三次、第四次……还有可以预见的第 N 次，令我越来越痴迷的不再是新疆无与伦比的风光，也不是神奇独特的动植物，更不是吃不腻的各种美食瓜果，而是真真切切在这里的人们。因为这里的人足够"儿子娃娃"。

他们并不善于做生意，却莫名其妙地留住了客户的心；他们对管理一窍不通，却能够让众人不离不弃；他们跋山涉水冒着酷暑严寒，风吹日晒黑得像个非洲人却时刻笑容满面；他们坚持要冒着大雨给你买药，尽管那个点药店肯定关门了，你却拦不住他们的身影。

坦率地讲，这让我很困惑，也很苦恼。因为如果再这样发展下去，我以后来新疆的主要行程大概就是和这些人在天山上的不同地方去喝酒了。

还好我酒后不会乱性也没有胡言。

其实那天我喝多了，还发表了一大通"演讲"，虽然轮番上的大乌苏和伊力特曲早就让我脑海一片空白，可他们用手机录了视频，我想不承认都不行。原来我感谢了几乎所有的人，就差感谢 CCTV 了。不过我确实想感谢生命中所有的相逢，因为是这些相逢勾勒出了我的人生，也激励着我不断向前。

小时候学马列，说人是社会性动物，就连鲁滨逊都有一个"星期五"做伴。我想人这一生，长短不论，功过是非不说，即便是性格寡淡单身如我，偶尔也渴望被认同和需要。一句"儿子娃娃"，一句"骚着呢"，都是构建自我认同和群体认同不可或缺的一部分。在新疆，只要你做得好，不用担心会有莫名其妙的妒忌，你尽可以坦荡荡地收获沉甸甸的佩服。

马背上的角力游戏

    也许今天大多新疆人的生活里，骑马已经不再是必备的技能，但在独库公路上的无信号区，能在二十分钟内徒手解决左后车轮手闸抱死的故障，也是令人刮目相看的新疆巴郎子①。

    在新疆的日子里，我坐着这些身怀绝技的新疆人开的车，一日千里已经是寻常事。这里足够广阔，广阔到你需要用不同的时间和距离感来衡量一切。在新疆，大气磅礴的不仅仅是"三山夹两盆"的地貌，而是已经渗透骨髓的一种人的精神，尽管不免粗犷，有时容易疏漏，但留下来的、保持得最完好的，恰恰是最质朴的，人与人之间的信任和倚重，是一诺千金的践行。无论有多远，你来，我去接你；你走，我为你饯行。

---

① 巴郎子，即小伙子的意思。

儿子娃娃 ●

　　草原上的小骑手在我离开的时候忽然大声喊了一句："哥哥，再来新疆哦！"

　　会的，一定会再来。

　　转身时，请允许我泪流满面。

2019年7月

向毡房外呼喊的哈萨克族小朋友

独库公路上的流石滩

走一趟独库吧!尽管如今的独库公路上早已车满为患,但还是值得在巴音布鲁克小镇上为了加油排上两个小时的队。

太美了,让人说不出话的那种美。

这是我第三次走独库公路。上一次风雪的咆哮还在耳边,这一次又醉倒在花海和奔马扬起的烟尘之中。是什么让独库公路的魅力如此之大,除了无与伦比的风光还有什么?

是一日四季的海拔落差带来的惊奇体验,还是亿万年冰川留下的伟岸地貌?是白莲花般绽放的毡房,还是如珍珠遍地的羊群?是长河九曲十八弯上空瑰丽的日落,还是朝霞漫天时黑鹳飘逸的身影?是大天鹅的洁白,还是草原上花儿的五彩?又或者什么

独库公路上的流石滩

都不是，是这个辽阔和险峻并存的世界带来的心理冲击？

我找不到答案，又似乎每一个问题本身就是答案。最好的回答或许是保持沉默，是在月下独饮，直到看见自己的影子在天山深处随风长舞。

滕哥半夜爬起来去拍月食和星空，我不去，我说那些都在我的梦里了，而且会更美。其实我就是懒，也累——一种被眼前所有的一切强烈且反复刺激之后的疲惫，一种审美上的饱和引发的无力感。我需要躺在床上静静地消化，否则等到天明时分，面对新入眼帘的一切，我真的不知该如何去应对。我本想写一首很长很长的诗来赞美这一切，却发现终究抵不过一声发自肺腑的"啊"来的真实有力！

非要挑出来写的话，就写一下路途上遇到的流石滩吧。

流石滩

有人在路边贩卖雪莲,这当然是违法的,我不会去买,可还是忍不住停下车,拍了那个手持一大捧雪莲花的人。我不想拍他的脸,因为那一定是一张令我生厌的面孔。雪莲并没有多美,也没有武侠小说里描述的那些神奇功效,它本是流石滩上默默无闻的众多野花之一,它的美需要那些看似毫无生命迹象的碎石作为映衬。

雪山下的紫花蒲公英

流石滩上那些大大小小、数不胜数的碎石原本都是巨大岩体的一部分。终年不息的大风、强烈的日照和冰雪反复的冻胀侵蚀,令它们崩塌成如今的模样——像一条由碎石组成的河忽然决堤泛滥,流满了整个山头。这些碎石以黄褐、赭红、青灰为色彩基调,又被灰绿色和蜜橘色的地衣点缀,成为众多高山花卉的秀场。在它的映衬之下,所有有勇气在这里绽放的花朵,都宛如T台上最闪亮的超模。

雪莲薄如丝绢的淡绿色苞片也唯有在此处,在风中微微颤抖之时,才能拥有莲花般的柔美和娇羞。而当它出现在那些盗采人的手里,则不过是行将枯萎只值二三十块钱的用来泡酒的"大包菜"罢了。流石滩上每一朵鲜活的花儿,哪怕只是米粒大小的,都比它精彩。

独库公路上的流石滩

国内大多数地区的流石滩海拔在四千米左右，因为高纬度和水汽较少，独库公路两边山峰上的流石滩海拔只有三千米左右甚至更低。这就意味着普通人不用气喘吁吁，也无须担心高反，就可以在这里的流石滩上寻找属于自己的秘密花园。这真的是一件很棒的事。

七月的流石滩上依然有不少地方覆盖着皑皑白雪，用手一摸，寒凉刺骨，手心微痛。这是最妙的地方。好多人在山坡上滑雪，没有任何专业的滑雪装备——车里临时拆下来的地垫、遮阳垫，或者干脆什么都不要，就一屁股坐在厚厚的、湿漉漉的雪上哧溜下去。大家都是成年人了，再也不用担心衣服湿了、脏了回家后会挨骂。你说这童心未泯的成年生活，是不是最妙的？

流石滩上温度低、风很大，植物们都生得低矮，有的干脆就窝

独库公路

冰川遗迹

在石头缝里。它们几乎都拥有强大的根系来应对肆虐的强风和松动的碎石环境，叶子却小小的、大多长有绒毛，或者特化成苞片将花朵呵护起来，这样既能减少水分蒸发又可以保温。与这里的植物相依为命的昆虫们，每到夜幕来临或者风雪交加气温骤降时，就会躲进叶片苞片围成的"安全屋"，白天则用殷勤地传粉作为回报。

流石滩的花儿以明黄色和蓝紫色为主，偶尔也会冒出几朵粉紫色的，有意思的是，尽管白色的花儿也很多，但极少纯白，花瓣上，总会抹上一丝紫、一点红，好像是造物主刻意要用色彩来妆点这个冷酷的高寒世界。

在这个看似简单的世界里，两种颜色完全不同的堇菜其实是同一种，两朵看上去几乎一模一样的毛茛其实是两个物种——有趣又烧脑的观察和探索过程的确令人抓狂，却诱惑着你一步一步深陷其中。这就是走进自然的乐趣吧，一种"毫无用途"的、纯粹的乐趣。我们的世界里还剩下多少这样的纯粹呢？

坐在流石滩上有一种奇特的宁静感，那是耳畔风的呼啸声永不停止的宁静。若非要究其原因，也许，是风把所有的烦恼都已吹走，留下了人生本该有的那份安宁。

远眺。蓝天如幕，白云如丝，山谷里的冰川融水泛着银光，山坡上的长路如舞绸飞旋。至于那些或远或近的群峰，个个皆是美人，裹着碧色长裙，却也因迟暮白了头。

迟暮就迟暮吧，独库公路的每一个转弯，都有一个值得你驻足的理由。

毕竟，它们已经默默地等了你几百万年。

2019年7月

喀什，应该换种方式与你相遇

喀什距离乌鲁木齐的距离，比从上海到北京还要远①，新疆之大，不亲自来一趟很难有切身的感受。

在新疆旅行，"一日千里"是最平常不过的事，很多时候，"一日千里"都远远不够。因为新疆虽大，绿洲的分布却并不连续，所以能够提供食宿的城市，要么紧密地盘踞在一大片绿洲之中，彼此间距不过三五十千米，像一家人；要么孤守一方，在茫茫戈壁或者沙漠之中，矗立成"临近"城市一个遥远的想象。

距离产生美，想象诱发渴慕。刀郎生活在乌鲁木齐，他唱得最极致的一首情歌是

---

① 从乌鲁木齐到喀什，公路距离是1469千米，铁路距离是1588千米，民航距离是1067千米；北京至上海的高速公路距离为1262千米，铁路距离为1463千米，民航距离比乌鲁木齐到喀什略长，为1084千米。

喀什,应该换种方式与你相遇

《喀什噶尔胡杨》。

我呢?我来喀什看什么?

并无计划,来了而已。

意料之中,没什么美景。高台古城有点意思,但还不够意思——部分太过古老,破旧到没法看;部分经过整修,又显得不够古老。在喀什街头看风景,我就像一个逛商场的挑剔妇人。

在我看来,网络上很多来喀什的照片、游记和旅行视频记录,通通都是"照骗"。后期处理和巧妙的剪辑让这座城市焕发出一种神秘少女的气息,令人趋之若鹜,欲探究竟。其实,无非是一个普普通通的城市,里面,有活生生的人。

艾提尕尔清真寺是喀什的头号旅游打卡地。除了信众做礼拜的时间段,艾提尕尔清真寺都是对游客开放的。里面的建筑很简单,主要是一栋有数百根绿色木柱子的礼拜堂。其他的功能性建筑,比如穆斯林用斋、大小净的地方等就是一些平房,也不便参观。唯一值得细看的是一张新疆维吾尔自治区政府赠送的巨幅挂毯,它挂在讲经席的正对面,上面的花纹寓意各民族要像石榴籽一样紧密团结。

艾提尕尔清真寺的宣礼塔

伊斯兰教禁止偶像崇拜，所以你在这里看不到类似基督教和佛教的精美雕塑，可是，人类对美的追求是一种无法遏制的天性，在穆斯林生活的世界里，门、窗、柱子等建筑构件上，各种几何图案和花卉卷草图饰被发挥到淋漓尽致。有意思的是，艾提尕尔清真寺里，除了窗格结构略为繁复，以及高高的宣礼塔上有部分马赛克装饰之外，整体感觉非常朴素，和中东地区动辄华丽无比、金光闪耀的清真寺完全不同。

围绕着艾提尕尔清真寺形成的古城区，有着迷宫一样的街道。这里的空气烟熏火燎，混杂着烤肉的香气、滚烫的铁板上缸子肉的香气、新出炉烤馕的香气、门前左右月季花的香气，还有一丝丝并不好闻的尿骚气。路边小铺里水果的颜色、干果的颜色、艾德莱斯绸的颜色、毛毯的颜色、錾铜描花盘子的颜色，五彩缤纷，老天爷调色盘肯定是被打翻了一次又一次。还有乐器的形状、小刀的形状、帽子的形状、水壶的形状、灯台的形状、金银首饰的形状，千奇百状。"啊，远方来的朋友，喜欢吗？喜欢就买一个，价钱么好商量。"维吾尔族大叔上翘的语调听上去充满了诱惑。

我捂紧荷包，拦了一辆出租车去了喀什本地人常去的一条街。北京时间晚上十点钟，太阳还没下山，三百米长的街道上摩肩接踵，车马辐辏。若是一个信仰禅宗的人，面对此景没准会说："哪里有那么多，熙熙攘攘中无非两种人，一种为名，一种为利。"可照我眼前所见，来这里的人其实只有一种——为了吃。

鸽子汤，必点。烤肉和茄子拌面，二选一。不是不好吃，是怕你都点了会撑出胃病。何况还有沙窝鸡、薄皮馕、薄皮包子、烤包子、缸子肉、羊肉抓饭等一众"滋味尽在回味"的美食挨家挨铺地等着你呢。

一整只鸽子，去掉头和内脏，端上来躯体完整得很，筷子一

炖鸽子与鹰嘴豆

夹，稀烂。炖的时候应该放了好几味药材，我吃不出来究竟是什么，反正香气在唇齿间舍不得散去。汤是清的，只放了几粒鹰嘴豆。点了鸽子，汤就可以随便喝，我喝了三碗，舒坦！喀什地区的羊肉据说是全新疆最好吃的（约等于全中国最好吃的）。不像北疆的烤肉要放很多孜然、辣椒面，南疆的烤肉是事先腌制好再上烤架，无需再放任何调料，烤到外焦里嫩时端上来吃就好了。不骚不腻，纯粹的羊肉香，很适合不能吃辣椒的闽粤人。我吃了一公斤，有点胀！

在喀什想消食倒也不难——溜达。各位去重庆解放碑打望过美女吗？喀什的街头，每一处都是解放碑。更妙的是，这里不仅仅美女如云，小伙子也个个英气逼人，甚至就连老汉的脸都别有风情，大婶们当然也不输，笑起来神韵不减当年。慢慢地走，漫漫地走，胃空了，相机卡满了。

不过，最最打动我心的是这里满地跑的小巴郎子们和小古丽

喀什古城里的孩子们

们①，他们的笑容是这座城市最好看的风景。在其他省份城市，街头的小孩大多腼腆且通常都被大人严格看管。这里不同，古城的每一条街道都有疯跑的孩子们，却几乎见不着大人跟在身后。稍微开阔一点的地方，更是一大堆小孩聚在一起跳绳、跳皮筋、骑单车、玩滑板或者纯粹地追逐打闹，街道上空笑声不断。

看到你举起相机，他们会一下子全涌到你的镜头前。男孩们爱做各种鬼脸，女孩们则会摆出自己觉得最美的姿势，然后在看完拍摄效果后大笑着一哄而散。你转身，镜头朝向另一个方向，又涌过来一批新的小朋友。拍着拍着，你忽然意识到，在其他省份似乎已有很多很多年，不曾在一个城市的街头见到这样多的小孩子了。

喀什地区人类活动的历史非常悠久。这里是丝绸之路在新疆地区南北通道的交汇处，照理应该有很多考古发现才对，然而我在喀

---

① 小巴郎子和小古丽分别是指小男孩和小女孩。

喀什街头孩子们的脸上充满笑容

什博物馆里并没有看到太多珍贵文物。

喀什博物馆只是一个三级博物馆，值得细看的几件文物多是具有较高的历史资料价值，工艺价值较高的只有一件北宋的缂丝衣襟袍子。也许是游牧民族善于断离舍，所以留不下太多文物，也许是历史上这里太过靠近中亚地区，曾在这里兴盛的多种文明被过早地彻底摧毁过，不像南疆的和田等地区，佛教遗址和当年的生活遗迹还有不少残存至今。

夏季的喀什，一天中最美好的时光要数傍晚和月夜。当金色的夕阳终于肯舍弃白日里让人畏惧的嚣张，月光便开始尽心尽力地呵护着古城中心区域的宁静，不过在繁华的街口，她也同样温情地照亮了情人们和酒醉的人们回家的路。

漫步月下，我听到门一扇一扇吱吱呀呀地关了，眼见着那土墙深院里的灯也一盏一盏地熄灭。风，从南天山带下一缕清爽的凉意。

于是，有那么一瞬，我的脑海里响起《喀什噶尔胡杨》的旋律，歌中唱道：我觉得我应该换种方式与你相遇，哪怕是今生不能在一起，我愿意等到来世与你相偎相依……

2019年7月

那个像野鹅般飞越湖面的男人

老同学：

你好！前天你电话里说想了解一下我在南疆的旅行。很遗憾，因为事先未办理边防证，我们的车在盖孜边防检查站被拦了下来，不得不调头回喀什。原本计划中的帕米尔高原之旅，就这样几乎还没开始就结束了，一行三人都很沮丧，在车里不停地骂自己是"勺子"①。

同行的小兵和小波都是新疆人，按照政策需要回原籍地才能办理边防证，然而此时我们已经距离他俩的家乡两千多公里，显然这是不可能的选项，帕米尔高原对于他俩而言，只能下次再见了。我在喀什倒是可以办

---

① 勺子，在新疆口语中是"傻子"的意思。做贬义用或表示爱怜，需视具体情况定义。

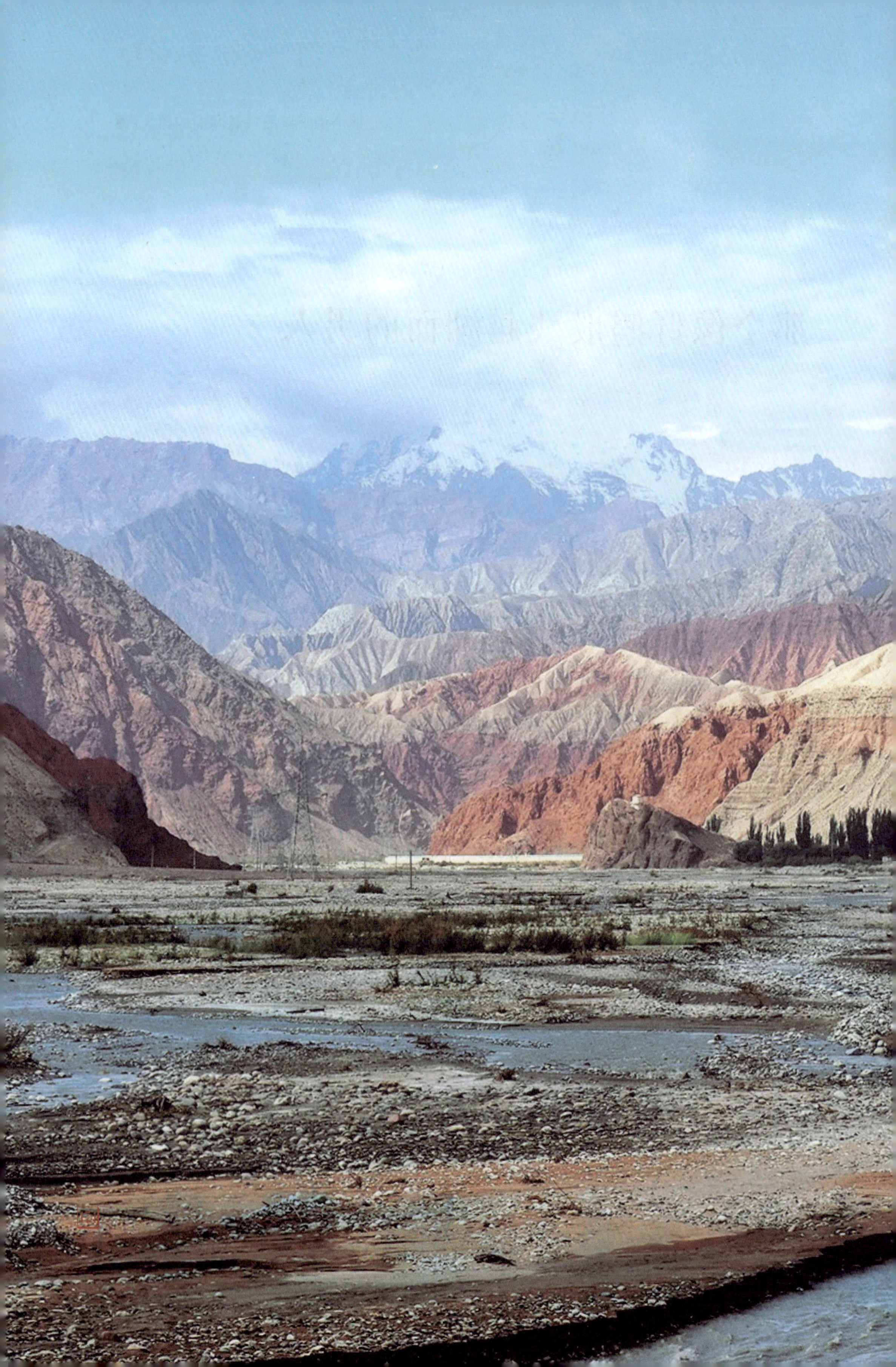

奥依塔克红山

边防证（当地为促进旅游，出台了一个特殊政策，对新疆以外的大陆居民，凭身份证就能在喀什免费办理）。我不忍抛弃兄弟们自己去爽，更何况我根本不会开车，离开他俩，在新疆的广袤旷野之中，我大概只有被风干的命运。

但是，我真的想去帕米尔高原，想去看看慕士塔格峰。

在慕士塔格峰前的喀拉库勒湖，一百多年前，曾有个瑞典人被当地人称为"像野鹅般飞过湖面的男人"，他是我的偶像。我很想知道大自然究竟对他施展了怎样的魅惑，令他义无反顾，屡败屡战，两次"飞"过那片湖泊，冲向那座布满冰川的高山。

那里不止有慕士塔格峰，只要过了盖孜边防检查站，就能看到公格尔山和公格尔九别峰，三座海拔超过七千五百米的大山就这样共同组成了西昆仑山脉的主峰群，成为帕米尔高原东部的守护神。而它们所守护的帕米尔高原，就是中国古人所说的"葱岭"。

在中国古诗词里，"葱岭"是西域极远极高处的代名词。小时候我背韦庄的《平陵老将》："白羽金仆姑，腰悬双辘轳。前年葱岭北，独战云中胡。"如此豪气冲天的文字让我很难将他和写下"独怜幽草涧边生，上有黄鹂深树鸣"的韦应物联系起来。实际上，韦庄是韦应物嫡亲的四世孙。帕米尔高原，哪怕只能惊鸿一瞥，也算是了却我的一个心愿吧。

因为有这样的渴望，也因为兄弟们知道我有这样的渴望，他们决定等我一天，让我参加喀什当地旅行社组织的喀拉库勒湖一日游。我对一日游不抱希望，早已做好心理准备，整个旅程就是购买一张来回八个小时的昂贵车票，去湖边凝视慕士塔格峰半个小时罢了。事实确实如此，然而，我还是庆幸自己来了。

昆仑山是神仙们住的地方。车到盖孜边防检查站之前，诸神早就派出了他们的先锋官守在盖孜河切割出来的河谷两侧，时刻迎接来自人间的造访者。喀什城里的美酒太醉人，这些家伙太不称职了，居然全都喝得满脸通红，在高原的阳光下艳如血染。贪恋红尘之欲自然会令神仙们不高兴，一怒之下，将他们全都化作红色的山峦，永远值守于斯。我第一日来，见他们面目狰狞，心有畏惧；第二日再来看，便觉得其实是憨傻可爱。

对了，这些不是导游讲的故事，是我自己编出来的。因为我觉得那些"红"就像是男人心底藏着的一团热血，一旦离开了冰雪的冷静，就会忍不住流露出来，将世界渲染成只有老天爷才能想出来的模样。

一八九四年，"丝绸之路"命名人里希特霍芬（Richthofen，1833—1905年）的弟子，瑞典探险家斯文·赫定（Sven Hedin，1865—1952，楼兰遗址的发现人）抵达布伦口，我比他整整晚了一百二十五年。

彼时的布伦口河谷现在因为修建大坝形成了一个水库，名为布伦口湖。因为湖边的山体多白沙，所以又被当地人称为白沙湖。和天山深处众多被森林和草原环绕的高山湖泊不同，白沙湖周围的山峦几乎毫无绿色植被，西昆仑山上的碎石和矿脉所呈现出的青灰、黝黑、牙白、土黄、锈红等色彩，再加上山顶的皑皑白雪和幽蓝冰川，构成了另一幅叫人百看不厌的五彩画卷。

白沙湖的湖水因为溶入了四周山峦倾泻而下的各种矿物质，呈现出青绿而微白之色，并不清澈，却魅惑无限。天空中的云朵和山色倒映其中，光影变幻，这地方真如一处被遗忘的仙境。老同学，你知道么？我在这里看到一处雪峰，像极了我们小时候一起看的动画片《天书奇谭》里白袍裹身的袁公。他造福苍生，却因违背天规被抓回天庭，那时候我们一起为袁公不平，恨不能改天逆命。如果我们知道这里就是他最后被放逐的地方，心中的愤懑会不会减少一点？

长风呼啸，墨云翻滚，白沙湖上一场大雨即将来临，"袁公"隐去身形。我沿着斯文·赫定走过的路继续向南。

在我的左手边，公格尔峰像一座巨大的白色金字塔，而公格尔九别峰则像一顶当地柯尔克孜族男性戴的帽子，在当地语言中"公格尔"是"白色"的意思，"九别"指"帽子"。公格尔峰是西昆仑山的主峰，公格尔九别峰是第二高峰，慕士塔格峰比他俩都矮一点。

慕士塔格峰的冰川规模很大，但并非中国之最，位于新疆喀喇昆仑山脉乔戈里峰北坡的音苏盖提冰川才是国内第一；冰原面积也同样轮不上慕士塔格称雄，西藏中部的那曲地区的普若岗日冰原才是世界上除了南北极之外最大的冰原。为何慕士塔格峰似乎更有名？因为慕士塔格峰被称为"冰山之父"。

当斯文·赫定第一次看到雄伟壮丽的慕士塔格峰时，他在《我的探险生涯》一书中写到："在我面前所展示的图卷狂放并且有幻想的美，它无与伦比，超过尘世上任何一个朝生暮死之人能看到的一切景致。"他转身向当地人询问慕士塔格峰的名字。

"冰山。老爷！"在当地语言中，"大人、老爷"与父亲是同一个词。斯文·赫定理解成了"冰山之父"，并以此为慕士塔格峰命名。

不能怪斯文·赫定误会，面对这里众多发育良好的巨大冰川，斯文·赫定完全有理由觉得这个名字贴切无比。我曾面对过高高在上的蜀山之王贡嘎山，也到过世界之巅珠穆朗玛峰的脚下，但这里才是我所见过的最壮丽的雪山和冰川景致。在这里，海拔不过三千米多一点，冰川却几乎触手可及，甚至透过手里的望远镜，我能看到冰川前发育特别完好的冰塔林。如果说幸福不是给你一个最完美的，而是给你一个可以够得着又足够好的世界，那么老同学，站在

慕士塔格峰与喀喇昆仑湖

公格尔峰、公格尔九别峰和慕士塔格峰共同缔造的怀抱中，此刻的我，幸福无比。

喀拉库勒湖就在慕士塔格峰脚下。

一百二十五年前，斯文·赫定测量了喀拉库勒湖后，第一次向慕士塔格峰迈进，在一场咆哮的风雪中，他眼疾复发，冲顶以失败告终。四个月之后，斯文·赫定再次来到此地，并且坐上了羊皮筏子渡过喀拉库勒湖第二次向慕士塔格峰进发，但是，这次冲顶同样在一场肆虐的暴风雪中化为泡影。斯文·赫定虽然失败了，但是在帕米尔的牧人中，却开始流传一个消息："来了一个欧洲人，他像羚羊一样爬上慕士塔格峰，像只野鹅般飞过湖面。"

一九三三年六月二十八日，斯文·赫定在北京的一次宴会上遇到了时任中华民国外交部副部长的刘崇杰。他对刘崇杰说:"乾隆皇帝统治中国时,在他的庞大帝国周围建立起一个由附属国组成的半圆形缓冲带。这些附属国严密地控制在中国最高当局手中。如今他们与最高当局的联系已经少到十分可怜的地步。共和以来,你们已经失去了西藏、外蒙和热河在内的满洲。如今内蒙也受到了威胁,新疆虽说仍属于中国,但是现在爆发了穆斯林内战。如果政府再不重视新疆的事情,那么,用不了多久,你们也将失去它。"

老同学,你看斯文·赫定多厉害!作为一个杰出的地理学家,他的政治战略眼光令刘崇杰大为赞赏。一九三三年十月二十一日,斯文·赫定受中华民国南京中央政府铁道部门委托,组建考察团勘测修建一条横贯中国大陆的交通动脉的可行性(即后来的兰新铁路)。考察活动延续到一九三五年二月结束。算上之前一九二七年斯文·赫定和时任北平研究院史学组考古组主任的徐炳旭教授联合率领的一次长达六年的中国西北考察项目,斯文·赫定与中方的合作考察前后长达八年之久。他把其中经历的甘苦成败荣辱得失,全都

白沙湖

那个像野鹅般飞越湖面的男人

公格尔峰下的冰川

写在《亚洲腹地探险八年》一书中，有空你也去读一下吧。

当我终于在喀拉库勒湖边驻足眺望慕士塔格峰的时候，我不知道究竟是怎样的情绪在心底翻涌。湖水清冽，倒映着巨大浑圆的山峰，尽管海拔高达七千五百零九米，慕士塔格峰没有丝毫剑拔弩张之势，这里的世界平静安宁。之前所有的期待和悸动在这里都消失了，然而心底却被突如其来的惆怅填满。我想倾诉却不知道该如何说，也无人可以诉说。也许你能懂我。

在我身后的山坡上，粉苞苣正值花期，黄色的小花娇弱却又蓬勃；湖边的石头上，一只黄头鹡鸰在高声歌唱；不知道哪里飞来一群白斑翅雪雀，它们匆匆而来，又匆匆别过。在这样的壮美天地之间的日常生活究竟是怎样的？人类对这里究竟了解多少？除了照片，我还能带走些什么？

粉苞苣，黄头鹡鸰还有白斑翅雪雀，并非这片看似荒寂的土地所独有的物种，然而它们就像我们这些喜欢到处走的人类一样，无论是探险者、牧民还是游客，都在这里找到了属于自己的生活。你

公格尔九别峰

听，那只黄头鹡鸰歌声里的甜美，比之前在巴音布鲁克草原的花海之上听到的，何曾逊色分毫？

那个像羚羊、像野鹅一样的男人——斯文·赫定的一生是幸福的，尽管他将岁月都交给了探险事业而终生未娶，但他看尽了世间最美的风光，帮助他所挚爱的这片土地发展、繁荣，他是幸福的发现者和传播者。一百二十五年之后的我，站在他曾站过的土地上，同样感受着这份来自天地赐予的幸福，也想把这份幸福传递出去，给你，给他，给更多热爱山川草木、家园的人们。老同学，你懂我为什么写作了吧！

一天的行程结束，回到夜色斑斓的喀什城，我把云开雾散之后慕士塔格峰的照片给小兵和小波看，我们仨决定明年办好边防证再来此地。老同学，彼时你是否愿意同行？

祝：一切安好！

敬恩
2019年7月13日凌晨两点于喀什

沙漠公路里的爱

一

小兵比我小十岁,小波比我小更多,令我好奇的是,在这次南疆之旅中,他俩在车上放的歌竟然都是我很熟悉的。比我小十岁的人不应该是周杰伦的粉丝吗?怎么他俩耳熟能详的是谭咏麟、张学友、王杰、张国荣、李宗盛和梅艳芳的歌?当然,身在新疆,不可能不知道刀郎,他倒是二〇〇〇年以后才红遍中国的。

港台到新疆,差不多是国内最远的航程。因为太过遥远,很多时候都没有直飞的航班,中途需要经停某地。关于我的疑惑,

沙漠公路里的爱

　　小波说新疆的流行歌曲就是比口里①差不多晚十年，而且新疆的经济发展也是九十年代中后期才真正开始的。算起来，那时候他们刚上小学。

　　他们开始追星那时候，因为都不是在乌鲁木齐这样的大城市里，生活比较穷困，学校教育也比较松懈，从口里传进来的那些港台文化成了他们了解外面世界的重要窗口。香港电影里的江湖义气、台湾电视剧中的文艺青年范都是榜样一样的存在。

　　而在我的记忆里，新疆的远，不仅仅是空间上的距离，更多的是心理上的陌生。在我的成长岁月中，除了小时候经常看到的天山电影制片厂的电影，有关新疆的信息寥寥无几，只知道那里民族众多、瓜果飘香、沙漠底下是石油。等我大学毕业，中国有了最初的互联网，可以主动搜寻到关于新疆的信息时，我被乌鲁木齐市照片中那么多的高楼大厦震惊了，原来新疆的大城市建设和我们并无不同。但小地方呢？那些偏远的、人类很少涉足的地方呢？

　　爱，让人愿意主动去了解。

二

　　我们三个人决定走一趟沙漠公路。这条路是一九九五年修的，从南到北，贯穿塔克拉玛干沙漠，是当时世界上唯一一条穿越流沙地区的等级公路。公路的修建，既方便了南北疆的沟通往来，也为

---

① 新疆人说的"口子"一般是指从甘肃敦煌到新疆哈密的通道，这一段路路途遥远，几乎都是戈壁荒漠，缺少绿洲，曾是丝绸之路上最难走的一段。根据史料记载，玄奘西去取经差一点功亏一篑，就是因为在这一段路上缺水昏迷，后来有幸遇到救助才抵达高昌国，被高昌王奉为座上宾，并结拜为兄弟，完成了西去取经的壮举。"口里"一般就是指国内除新疆和青藏高原以外的地方。

开发塔里木盆地深处的石油宝藏奠定了基础。

沙漠公路两头连着两片风格迥异的绿洲。

南边的绿洲如今是民丰县城所在,属于典型的宽阔河谷湿地,创造出这片绿洲的是曾经孕育了一个高度文明古国的河流——尼雅河。如今,精绝国遗址(尼雅遗址)掩埋在塔克拉玛干沙漠深处的漫漫黄沙中,但是在历史上,尼雅河水就在精绝城外荡漾,城内世界各地的商贾如云,管弦丝竹的吹拉弹奏之中,胡姬旋舞衣袂飘飘。我读新疆的史料,总忍不住想要是能在当年随着驼队穿越沙漠,在一个又一个绿洲之间穿梭往来,会遇到多少有趣的故事。

谁也不曾想到,作为内流河的尼雅河有一天提前结束了奔流,精绝国消失了。但是在沙漠公路的南端,这里的尼雅河刚刚从昆仑山上冲下来,身上的一股莽劲还在。被昆仑山重重扼制的禁锢感忽然消失,尼雅河一下子开始放纵自我,任性奔流,结果冲出好几千

大西海子

沙漠公路里的爱

米，甚至几十千米宽的河床。河床上百草滋生，沙洲憩鸥，苇上飞鹭，一派生机盎然。

尼雅河如果有生命，一定深爱这片土地。她用自己的乳汁养育出的这片湿地，是迄今为止我见过最美的河流湿地之一。

风将芦苇丛压得低低的，可芦苇们一遍又一遍地抗拒着，抓紧一切机会挺直腰杆；芦苇丛中的鸟儿们不惊不慌，任由世界起起伏伏。岸边的电线上，棕尾伯劳正在全神贯注地监控自己的领地，稍有可乘之机，便身子一沉，翅膀一张，扑向猎物。极其复杂的辫状河道中，一道道水流泛着银光。雪白的鹭鸟缓缓挥动翅膀掠过水面，然后停在河边静静等候猎物；银色的燕鸥则像敏捷的战斗机，紧紧盯住激流中的鱼儿，不时猛地俯冲下去……

大多数河流湿地最壮观的景致都在下游，然而作为内流河的尼雅河，上游才是真正的风华绝代。尼雅河湿地视野极为开阔，只有几株孤独的胡杨树点缀其中，掩映着一些用树枝围搭出来的简易"屋子"——和精绝国遗址里的如出一辙，这是当地如今为数不多牧民们的临时居所。我用望远镜仔细观察这些四面透风的"屋子"，正在想象其中的生活，忽然间身边的草丛里一阵急响，腾空而起一群鼓翼匆匆的身影。它们肥硕的身躯，以及翅膀在阳光下闪耀的色彩告诉我，那是一群绿头鸭。二十世纪八十年代广为流传的歌曲《我们的田野》瞬间回响在我的脑海：我们的田野，美丽的田野，湖边的芦苇中，藏着成群的野鸭……

沙漠公路北端湿地则是另一番景象。

塔里木河在这里滋养出了一片一眼望不到头的胡杨林。盛夏时节的胡杨林没有秋季那种金碧辉煌的气势，但是当你刚刚经历了五百多千米荒寂的沙漠，在油箱缺油的警告灯亮起之际刚好结束了"死亡之海"的穿越时，这一大片葱郁的绿无疑是一场生命的欢呼，会让你忍不住爆发出一声长长的"哇!"

　　这片今天属于轮台县管辖的胡杨林,活了千年不死、死了千年不倒、倒了千年不腐,在历史上也曾经给汉唐时代的西域都护府送过一片荫凉。那时候,新疆,第一次纳入中国的版图。

　　胡杨树不成"材",也因为不成材,它才能在木材极其稀少的沙漠地区躲过人类的刀斧,这是中原文化中道家生存的无为之法。胡杨林当然不会无用,它们是这里生态系统一个重要的环节,水孕育了胡杨林,胡杨林孕育了众多其他生命。我看见一只褐耳鹰亚成鸟从一株胡杨上飞起,既然位于生态链顶端的猛禽能够在这片土地上生养不息,这里物种多样性的丰富程度可见一斑。但是,别忘了流沙就在附近虎视眈眈,只要塔里木河的水域稍有萎缩,它们就会恶狠狠地吞噬这里的一切。

沙漠里的胡杨林

幸运的是，塔里木河如今水量充沛，在轮台之后的下游——塔里木盆地东缘，制造出了一个个水波微澜的巨大湖泊，如卡拉水库、大西海子水库等。数年前，在见识过阿尔金山彻头彻尾的荒芜之后，我曾经去过那里。面对倒映着沙丘，同时又水草丰茂，百鸟云集的湖面，我感到一阵迷糊，以为自己是在梦境。但是仔细一想，几千年来，塔里木河就该是这样的，它是要流入罗布泊的。而六十年前尚且鱼肥马壮的罗布泊，如今已是无人的干涸之地，尽管那里的日落以无与伦比的壮美深深地打动了我的心，白天的酷热和夜晚的死寂却让人避之不及。如今国家对塔里木河的水资源调度采取了统一管理，可是面对人口快速增长和经济发展对水资源的巨大需求，塔里木河最终还是未能恢复成它本该有的模样，在距离罗布泊三百千米的地方，它累了，再也跑不动了。

如果塔里木河也是一位伟大的母亲，它愿尽其所能去滋养出更广袤的土地。然而，任何伟大的爱，如果承载了太多的负担，都会变得脆弱。

三

你瞧瞧，我本意是要写沙漠公路的，却先写了这么多"废话"。你若问我在沙漠公路中间究竟遇见了什么，我该怎样回答呢？

"只有荒凉的沙漠，没有荒凉的人生。"

这是中石油塔中石油基地门口挂的巨大标语。很震撼。

沙漠公路的修建令塔里木盆地的石油开采成为可能，好几个油田分布其中，这路便是一切的生命线。流沙和风的存在让公路随时面临被沙子淹没的风险，所以每隔三公里修建一个水泵房抽取地下水，然后通过滴灌系统在公路两侧密集种植梭梭，形成了两条约十

中石油的标语

到二十米宽的绿化带，绿化带外围再根据情况设置宽度从十米到三十米不等的固沙带。

固沙的主要材料是干枯的芦苇秆，在阳光下金闪闪的，像袈裟上用金线绣出的方格子。被佛法裹住的沙丘果然失了力气，静静地雌伏在沙漠公路两旁，再也折腾不出事端来。

每一间水泵房里都有一个人或者一对夫妻值守，没有空调，没有电视，夜晚与天空中的星星做伴。他们大多都五十岁以上，基本来自农村地区，也许只有到了这个年纪又迫于生活的压力，才能耐得住这份寂寞吧。大漠里的风吹起了气球一样的月亮，又吹走了黑夜。

塔克拉玛干沙漠深处并非毫无生机，卫星地图上可以清晰地看到几处泉眼和微小的绿洲，那里出产大芸（又名肉苁蓉），这是一种寄生在梭梭根上的沙漠植物，是一种很古老的中药材，但产量也少，所以价格不菲。守水泵的人冒险进入沙漠深处去采，结果不少人一去就再也回不来。一些"脑子活"的人，买了人工种植的大芸放在这里冒充野生的高价兜售，小兵走过沙漠公路好几次了，他说以前这一路都挂着写有"卖大芸"的纸牌子。

野生大芸是国家保护植物，而且前往沙漠深处的产地危险重重，用人工大芸冒充野生的又涉嫌欺诈，所以后来有关部门禁止在这里兜售大芸，禁令直接贴在水泵房的门口。

我知道他们中有些人手头肯定还有存货，当然，我没有买。也许你该说：买啊，买了可以增加他们的收入。但是，最好的因可能会有最坏的果。买，其实是促使他们下一次再度进入死亡之海，又或者让那些脑子"活"的人越发地丢了良心。

沙漠是一片对人性充满了考验的地方。它用它的壮美和宝藏吸引着人们的目光，又用它的残酷吓退任何企图深入了解它的人。也正因为如此，石油基地的那些人才显得与众不同。

借助于现代科技、装备和运输，石油基地里的生活不缺少什么物质，看上去也并不是那么艰苦。塔中基地的休息区虽然只有一栋长长的二层小楼，却热闹得很：一楼的小饭馆里空调冷气十足，拌面做得有滋有味，价格也不比新疆其他地方贵；小超市里连厦门生产的饮料都能买到。二楼据说鼎盛时期歌舞厅就有好几个——可以理解，那个时候，沙漠里实在是太寂寞了。

单调和寂寞，才是沙漠最可怕的武器。即便是我如此地喜爱大自然，在这里也很难找到可以让我持续待下去的乐趣。沙丘变幻无穷的世界固然能满足我作为一个摄影爱好者的心愿，但是塔克拉玛干细如绵尘的沙粒也很容易让相机镜头报废。这里是沙漠腹地，除了绿化带的梭梭，视野内寸草不生，也很难看到小动物。小动物是一定有的，只是大热天，谁还不藏在阴凉处呢？

沙漠公路

除了白尾地鸦。

我看到白尾地鸦在眼前飞过的时候本能地大叫了一声"停车!"小波猛地一个刹车差点没把我们甩出去,幸好我们都是严守交规的人,坐在后排也系着安全带。

整个南疆之旅,白尾地鸦是我唯一期待的鸟类,但是我并不清楚会在哪里遇见它。这次相逢,我想这是沙漠公路送给我最好的礼物。

白尾地鸦只生活在南疆的荒漠地区,是新疆的特有物种,和它的表亲黑尾地鸦一样,能在极其艰苦的环境生存。我曾经在《从野性到感性——山鹰观鸟记》一书中提到,在青海柴达木盆地酷热且毫无遮挡的戈壁上,看到一只黑尾地鸦利用地下光缆标杆的影子乘凉。相比之下,这里的白尾地鸦无须那么辛苦,沙漠公路两边都是梭梭,它们生活得相当惬意。

沙漠公路里的爱

我从车上下来，端着相机，追寻着一只白尾地鸦的身影，猫身钻过梭梭丛，它在我眼前闪了一下又向沙漠里飞去。我知道它才不肯飞到荒芜的沙漠深处呢，所以也不着急，慢慢地继续向里走。实际上也走不快，脚底下的沙子总是在打滑。等我爬上小沙丘，看见它就站在旁边的沙丘顶上，可正要举起相机，它又不见了。只不过这一次它没有飞，而是一路小跑，因为等我走过去的时候，沙子上留下了一连串的脚印，不过脚印也没几米，就看到翅膀扫过的痕迹——它还是飞了。飞到哪里去呢？找还是不找？

炎热和无数重将视线阻隔的沙丘令我犹豫不决。毕竟也是看到了，回去算了。白尾地鸦忽然叫了起来，像嘲笑，又像挑衅。听声音就在附近，原本晒得都快蔫巴的我，精神一振，深一脚浅一脚继续在沙丘上搜寻。

什么？还有一只？我没看错吧？我没被晒晕，这真的不是做梦。眼前那只诱我过来的白尾地鸦身边还有一只，它俩卿卿我我显

塔克拉玛干沙漠

白尾地鸦

然是一家子。这下可美坏我了。赶紧端起相机猛按快门。它们秀够了,就跳到稍远处的木桩上,我慢慢地靠过去,担心惊飞了它们。不曾想它们竟然允许我靠近到十米之内,等我再一次端起相机的时候,我的天,画面里竟然有四只白尾地鸦,这可太难得了!

沙色的羽毛,白如雪的尾巴,它简直就是为这片沙漠而生。梭梭中的昆虫和小型蜥蜴都逃不过它长而弯的大嘴,让我烫得跳脚的沙地,它健步如飞。能够在这里存活下来的都是勇士,我不行,我得逃回车子里吹一吹空调才能活下来。但是,好奇怪,刚才追寻它的时候,刚才拍它们的时候,我怎么一点儿都没觉得热呢!

对金钱、对肉体的欲望、对所好之物的爱,都会让人暂时盲目吧。只是这样的爱,很难持久。

四

长途开车终究有些无聊,沙漠公路路况又好,近乎笔直的路面很容易让人困倦,所以我们三个人就一路聊天。

听歌听到动情处,小兵突然开始和我们谈起他的爱情往事。

小兵高中毕业后上了几天自考大学就跑了,在东部的大城市里碰得头破血流也长了不少经验后回到新疆创业,新疆前些年蓬勃发展,他赶上好时候赚了不少,可也因为种种原因赔了不少,日子过得忙忙碌碌。他老婆是个大学生,比他小十岁,重庆人,漂亮,吃苦耐劳,能干极了。我就奇怪了,怎么就凑一块了呢?

小兵追他老婆的时候,他老婆大学还没毕业,暑假来新疆表姐的火锅店实习。小兵和她表姐有生意往来,就瞄上了。然后小兵公司那一年所有的团餐都吃火锅,吃到员工们到最后都拒绝团餐,怕上火。而小兵也不过借着买单的机会,可怜巴巴地和他未来的老婆说几句话。

爱，会让人不自觉地变得卑微吧。

后来，两个人终于有了进一步发展的机会，老丈人一家却极力反对，追到新疆硬是把女儿拉回重庆。心有不甘的小兵买了机票要去追，却因为买礼物误了航班，本以为命运就是如此，但在机场熬了一晚上，抽了两包烟之后，他忽然明白了多年以后电影《哪吒》里的那句话：我命由我不由天。于是又买了一张机票飞到重庆，然后从丈人丈母娘那里把老婆给抢回了新疆。

爱，会让人为之抗争。

小波则跟我们聊起他老婆最近的烦心事。那天是七夕，一大早我听见小波老婆在视频聊天的时候埋怨他出门久了也不管她和孩子，又说到小波生意上的事情，认为他有点懈怠，挣钱不积极。

我说今天七夕，怨不得你老婆发飙，你在小兵老婆开的花店里给你老婆订一束鲜花，赶紧让送过去。小波说没用，我老婆不是一个浪漫的人。我笑他傻，天下女人哪有不喜欢爱人送花的啊！

小波是小兵高中的学弟，也没上大学，各种社会上的生意事情跟着做着，攒了些钱，与别人合伙买了台联合收割机，今年刚开业，生意虽然不错，但是遇到一些难缠的客户，要款的时候也是颇费周折。虽然才七月份，但已经是新疆不少农作物的收割期了，这次能出来一起玩，是因为正好处于两种作物的成熟期之间。小波老婆也是大学毕业，是一所中学的英语老师，工作上没得挑，各种先进。小波说她老婆心地善良，就是不太会说话，对学生很好，对自己家孩子和他都不够耐心。

我说其实很简单，因为你很少直接表达对她的关心，她在家里找不到温暖，就只能在事业上找存在感了啊。如果你每天都能说说情话，学学小兵试一试？小波想了一会儿说："是啊，可能是因为平时对老婆温情脉脉的时光太少了，偶尔一两次带他老婆出来玩点浪漫，她都非常激动和开心。"我说这不就对了嘛。

我们聊着的时候，原本睡着了的小兵不知道啥时候醒了，默默地在手机上用微信告诉他老婆，给小波的老婆送一束玫瑰。

爱，需要大声说出来。如果说不出口，就用礼物替代吧！

五

人可以在沙漠里裸奔，人生不可以。人生，需要爱的衣裳。

沙漠公路，再见！

2019年8月

梦里花开知多少

"啊朋友，新疆么留下！""啊朋友，酒么要喝！""啊，朋友……"

楼上在装修，大动干戈的那种，我在梦里依然不肯醒来，因为梦里是新疆。

今年去新疆，文章已经写了八篇，可心底总还是觉得似乎遗漏了什么，只要一静下来就想继续写。其实算上之前三次去新疆写的那些游记，从大漠冰川的绝世风光，到与之相偎相依的奇特植物和自由自在的野生动物；从城乡建设，到众多生活在其中的民族同胞们展现出的风情和具体到某一个人的平凡生活，我在新疆的所见所感似乎都已写完，出一本书嘛，够够的。

可我心里知道，所有这些文章，不过是刚刚触碰了新疆的皮毛。毕竟，我都还没来

新疆党参

得及告诉你一个口里人是如何喜欢上马奶酒的,也不曾真正地用文字去描述过在草原上遇见一朵花的细节。

已经写完的这些文章绝大多数都是印象派的画风,对我个人而言,它们确实很好,因为写的时候笔端的澎湃激情是真实的,所以笔下有色彩在跳动,恰如我在新疆时时兴奋不已的心情。与此同时,这些文章对我而言,它们确实也不够细腻,关于新疆,我还想要工笔画式的文字,让自己和读者都能够近距离地去感受新疆,然后就像我的内心那样,深陷其中,在梦里幸福地与之纠缠。

在佛教传说中,心口时时念阿弥陀佛者,会在西方极乐世界里的莲花中化生,得大清净,无生老病死之苦。

金莲花开在南山[①]下。

只有那么一朵,在森林边缘的草地上。

我们为了追一只珍稀的红背红尾鸲才走到这里的。从红背红尾

[①] 南山,指乌鲁木齐南山,属于天山山脉的一部分。

准噶尔金莲花

鸫消失在雪岭云杉林里的那一刻开始，众人原本准备收回的目光中，忽然间全都是金莲花的娇颜。

草地上并非没有其他的野花——紫色的报春不仅明艳，而且可爱，还亭亭玉立，是高原上最惹人爱的花儿之一；马先蒿开起来就像是"嘭"地一声，在花葶上如爆米花般带着卷炸开，满满的，开心得不得了的感觉，蜜蜂啊、蝴蝶啊、甲虫啊全都赶场似地飞过来，还有矍麦，粉紫色的花一绺一绺的，像很多流苏挂在那里，微风中晃起来，让人心底也起了酥，恨不得跟着一起荡漾。

可我要告诉你的是，这些野花都是我们后来才留意到的。在那一瞬间，无语独立，静如雕塑的金莲花，在每一个人的眼底、脑海中如神灯出世、金光乍现。

也许是因为四周被不同层次的绿色包围，所以那金灿灿的色泽显得尤为先声夺人，相比之下黄花马先蒿的鹅黄色就显得屡弱许多，紫色的报春花又略显暗淡。

花瓣层叠且微微向上收拢的金莲花让人想起一池碧水上的萍蓬草（俗称金莲，睡莲科植物）、睡莲或者莲花（荷花），然而因故得名的金莲花其实无论是与金莲、睡莲还是莲花都关系甚远，它是毛茛科植物。毛茛科的花，花瓣多有一层亮漆感，如美人流光的眸子。这下你明白为什么金莲花比那些矍麦更能撩动人心了吧？

我们为这一朵金莲花俯下身子，趴在地上，到最后侧躺在它身旁，它始终不烦不厌、不离不弃——不像红背红尾鸫那般矫情和无情。这朵金莲花其实已略略过了花期，有些枯萎的迹象，没关系——陌途中饮一杯老酒，虽非佳酿，亦可慰风尘。

金莲花开在天山上。

一大丛一大丛的，我想要冲过去又怕踩坏了它们，只能远远地看，用望远镜看，用相机看，用下一次不知何时能再相遇的心情

天山上的甘肃马先蒿花海

去看。

　　夏季,北京时间下午十点整,天山腹地,夕阳正浓。

　　山坡下,蓑羽鹤结伴起舞的那片湿地翠色欲滴,甘肃马先蒿像紫色的河流向它的怀抱;山坡上,金莲花流光溢彩,与扑面而来的夕阳交相辉映,说不清是谁让谁更加迷人。

　　山坡上的一切都在晃动,这不仅是风的把戏和光的幻影,也是鸟儿们干的好事。

　　红喉歌鸲胸口自带一抹血色,让它藏起来不与夕阳斗艳是不可能的。紫翅椋鸟总让人误以为是一身黑,靠近了你才会晓得它的衣服料子是用星空裁剪出来的,只不过需要合适的光线和角度才能解锁这个秘密。夕阳西下,机会稍纵即逝,你觉得它会不抓住展现真我风采的大好时机吗?

大把大把的金莲花，把夕阳所能散发出最美的光都喊过来了，然后又一股脑倾泻给身边这些鸟儿朋友。

红喉歌鸲已经得意地鼓起赤色的胸膛，唱起胜利的歌曲。啊，你瞧，新疆党参，原来除了金莲花，这里还有那么多新疆党参！快看，它们淡紫色的花朵全在摇晃，像一盏盏风铃在为红喉歌鸲伴奏。我为什么能听到这无声的伴奏？我也是大自然的好朋友啊！

性格活泼的紫翅椋鸟此时静静地落在一块岩石上，凝视远方，如一位入定的禅师。我无意间看了它一眼，那个瞬间，我想起曾在日本京都博物馆看到的耀变天目窑建盏，那次展览只需要四个字来形容——盏中宇宙。

最后一缕阳光在金莲花上消失，天山上缓缓升起又大又圆的月亮，珍珠白的世界里，马儿的剪影，犹带花香。

那一天有人忽然对我说，新疆之旅有一点点遗憾——应该带上心爱的人一起来。

"啊朋友，爱情么，有的！""啊朋友，姑娘么，好的！小伙子么，好的！""啊朋友，新疆么，留下！酒么，要喝……"

2019年8月

初遇吉木萨尔

一

大翠是厦门一所中学的生物老师，和我一样，也是厦门市园林植物园的志愿者，我们因此认识差不多有十年。一日，朋友们在她家做客，她忽然宣布说要去新疆支教。一听此言，大家根本无暇顾及大翠老公和女儿的感受，纷纷表示恭喜和羡慕——谁不知道新疆的河山美呢？教师有寒暑假，可以顺便好好地玩上一遍，众人甚至开始劝她早早动身。

我忽然想起一件事，问了一句："你去新疆哪里支教？"大翠说厦门援疆定点是吉

初遇吉木萨尔

木萨尔县。吉木萨尔在哪里？大家一脸疑惑。新疆太大，我们都对它太陌生，即便是我这样数度前往新疆，"三山两盆"①都到过的人，也记不住那许多地名。我去查地图，啊，原来我曾经到过吉木萨尔地界——位于古尔班通古特沙漠边缘的"五彩城"就在吉木萨尔，夕阳下梦幻般的雅丹地貌早已是记忆深处抹不去的印记，却因为县域面积实在太大，当初并未经过县城，故而浑然无觉。

天山北麓水草丰茂，比如我去过的巴里坤草原，巴里坤湖中的鱼儿鳞光如银；还有伊吾县的幻彩湖，因为是咸水湖，湖中生有粉色的卤虫（盐水丰年虫），导致湖色变幻不定。当地老百姓直接拿湖水炖上一锅羊肉，什么佐料也不需放，香气只怕是四五里外的草原上都能闻到。山坡上是以云杉和冷杉为主的森林，以及开满高山花卉的草甸，还有长满乔利橘色藻的"红石头"组成的石河，风景之美，就连著名的阿尔卑斯山区也稍逊一筹。我虽没去过吉木萨尔县，但它就在天山北，环境肯定差不了！我指着地图对大翠由衷地表示恭喜。

奇怪的是，大翠到了新疆之后，朋友圈里几乎看不到她发任何风景照。一开始以为她刚去，还在熟悉环境，时间久了忍不住就问，结果大翠说这里哪有你说的那么美，就是很一般的北方城市。这？

没多久新冠疫情发生了，大翠作为志愿者和当地人一样，从工作地到家门口，两点一线，更别提到处旅行了。但是人也不能总憋着，尤其是青少年，容易出心理问题。大翠就和我商量能否把在厦

---

① 三山两盆，指对新疆地理特征的概括，即北部的阿尔泰山脉、中部的天山山脉以及南边的喀喇昆仑山、昆仑山和阿尔金山山脉，和位于三大山脉之间的准噶尔盆地和塔里木盆地。

长满乔利橘色藻的红石滩

门市园林植物园开设的观鸟课程根据当地的情况调整一下，引入她支教的中学，既能丰富生物课的教学内容，又能让大自然抚慰孩子们的心情。这当然是件好事！其他志愿者听说之后，也纷纷表示愿意支持。然后，大翠的观鸟课堂项目，就一不小心拿了新疆维吾尔自治区科普活动教师作品一等奖。喜讯传来，我们纷纷表示要去吉木萨尔看她，让她请我们吃手抓羊肉。

那天在大翠家做客的朋友中只有我口福好——二〇二一年七月初我去了新疆，吃到了大翠请的手抓羊肉。吃完那顿饭的第二天，大翠的支教工作也就结束了，跟着同批次厦门援疆的志愿者大部队飞回了厦门。吉木萨尔的风景，只能由我替她慢慢看了。

二

大翠没骗我，吉木萨尔县城确实普通，街道倒是宽得很，商业

初遇吉木萨尔

区也挺热闹,但看不出什么特色。城里有个由先前苗圃改建的植物园,看上去很久没人认真打理过了,几乎没有游客,也没见到几个本地人,只有几只新疆很常见的鸟时不时跳出来冲我打个招呼。除了被太阳晒得差点晕厥,我毫无收获。植物园里有个高大的土堆让人有些兴趣,无奈四周长满带刺的灌丛,我只能望而兴叹。凭直觉,这种封土之下,埋藏的历史恐怕三天三夜也说不完。

临走前大翠把我介绍给了厦门援疆办的同志,让我遇到什么问题可以向他们咨询。但是同志们每天的工作都很忙,我不忍心打搅,就和援疆办聘用的一位司机小张聊上了。小张是本地人,说起家乡时的那种自豪感是流淌在眼睛里的,遮不住。我有些好奇,明明这座城市看上去没什么啊。

我果然是狭隘了。吉木萨尔县面积那么大,历史那么长,岂是

北庭故城遗址

通过一座小县城就能看透的。于是，从东汉派戊己校尉耿恭统领数百人屯田于此，到唐代的北庭大都护府；从高昌古国王室专用的西大寺到翻越天山的车师古道；一座西域名城开始浮现在我眼前。这里，有讲不完的繁华和说不完的征战，也有绵延不绝的佛号和伊斯兰教宣礼塔的敲钟声。

吉木萨尔的故事，还是从"北庭"这两个字说起吧。

小张是个年轻人，读完初中就离开吉木萨尔外出打工了，在外面听别人说他的老家是当年的北庭大都护府，这才萌发了对故乡的自豪感，又回到吉木萨尔。司机的自豪不无道理——此地汉代设府，唐朝武则天时代，作为北庭大都护府的所在地，这里已是统领北疆至黑海（一说是里海）的军政中心，是丝绸之路上商贾云集之地。

吉木萨尔地区主要依赖天山融雪作为水源，然而吉木萨尔县城

北庭西大寺遗址

初遇吉木萨尔

包括现在我脚下的北庭故城遗址并不在天山脚下，而是分别在向北三十余千米和五十余千米之地。天山脚下的绿草葳蕤与故城遗址所在地的苍凉形成了鲜明的对比。小张家就在天山脚下的河谷旁，对此也并不理解。不过细查之后，你会发现烈日之下遗址中古堡反射出刺目的金色并不代表这里是干涸之地，芦苇和众多的灌丛告诉我这里有充沛的地下水资源。草兔在地上奔跑，普通楼燕在土堡中做窝，棕尾伯劳站在柽柳上虎视眈眈。一切都在提醒我，来自天山的雪水消融之后形成了两条河流环绕滋养这片土地。而天山脚下由于气候寒冷，并不利于农作物的生产，唯有在这个距离，水和阳光的平衡恰到好处，所以故城四周良田万亩，麦浪翻滚，延续千年至今。

这座历时一千四百余载的古城，如今只能依稀辨识残存的门楼、城墙和佛塔，肥胖的沙虎撑着四肢扭动着身躯在上面快速奔跑，瞬间又躲进洞穴里不见踪迹。它快得就像历史的一瞬，稍不留神，就仿佛不曾出现过。北庭故城并没有出土多少文物，而古城西边不足千米之遥的西大寺（曾长期被黄土尘封不为外界所知）里出土的高昌王室礼佛壁画和诸多佛教塑像，证明了这里曾经是佛法昌盛之地。也就是说，若不是经历了后期极其残酷的宗教战争，北庭故城遗址内不可能如此寥落。

站在北庭故城的遗址眺望天山，天山上的冰川像一面面巨大的镜子，反射着耀眼的白光。人类很早便通过镜子认识自己，也希望能够以史为鉴，与此同时，古人一定会和我一样，想知道沿着天山能走向哪里，想了解翻越天山后的世界是否会有所不同。然而，隐约中，我又总是听到城垛上吹响的号角随长风远送，提醒着往来的行人和商贾——城门关闭的时间就要到了。城墙之内，高大的堡垒，才是所有人在天山北侧旷野上最安全的家。

那确实是一段安宁的时光！当大唐的身影渐行渐远，天山南边的高昌回鹘国（大约相当于今天的吐鲁番地区）成了北庭的新主人，三百余年的增建经营让北庭重放光彩——北庭故城里最引人注目的佛塔就是这一时期的建筑。

当时的高昌王和他的家人每到夏季就会沿着车师古道翻越天山来到北庭避暑，西大寺就是皇家专用的礼佛之地。就算在今天，翻越天山的也只有独库公路，还只是夏季才开放。车师古道是穿越天山屈指可数的几条古道之一[1]，这几条古道我都走过……一点点，因为越往里走海拔越高，道路越难，天气变化越诡异，常人难以忍受。高昌王却随着浩浩荡荡的队伍年年往来，就算他有銮驾，有别人肩扛手抬，这也并非一段轻松的旅程——足见北庭的吸引力。

路途的魅力同样很重要。天山实在太美，车师古道我只走了不到十里地，已然难以抵挡其魅力。峡谷里的激流鞭笞着两边的巨石，留下一道道触目惊心的伤痕；山坡上蒲团状的铺地柏和高耸如剑阵的云杉谁也征服不了谁，永久地对峙着；只有那些遍布各处的野花，用姹紫嫣红的身躯温柔着一切，又像五彩的溪，流淌到了一切目光所及之处。笃信佛教的高昌王不可能不留意这缤纷的小世界，我甚至猜想在他们的眼中，沿途发出芦笛般悦耳鸣声的红额金翅雀和普通朱雀，也许正是迦陵频伽（妙音鸟）的化身，所以这段

---

[1] 翻越天山的古道最著名的有三条，夏塔古道（又称夏特古道）从伊犁的昭苏县到阿克苏的温宿县；乌孙古道，北衔准噶尔盆地，南控塔里木绿洲；这两条古道翻越乌鲁木齐以西的天山。翻越东侧天山就是从北庭（今吉木萨尔）到高昌（今吐鲁番）的车师古道。

初遇吉木萨尔

旅程才有了朝圣一般的意义,并因此不畏艰辛。

有人在车师古道上的一面崖壁凹处供奉了一尊观音菩萨,不晓得是何朝何代的事。只知道瀑布从上空跌落,如同珠帘,想要看清菩萨的真容,你需要等到一阵有缘的风,而那一瞬间,菩萨也看见了你。

可惜,总有人不喜欢安宁与平静的生活,在权力和欲望主宰的世界里,战争不可避免。越是美好的地方越容易引来觊觎,夹在中原和西部诸多势力中间的北庭,不时地被不同的力量染指。渐渐地佛号隐匿,富庶的城市被洗劫、毁坏,然而新的统治者并无能力重现繁华,北庭就这样渐渐地退出了世人的视野,隐匿在一丛杨树林后,默默地在时光中沉沦,成了乡人口中的"破城子",成了时不时用来取土修建马厩的来源。

二〇一四年六月二十二日,第三十八届世界遗产大会上,新疆北庭故城、高昌故城、交河故城、苏巴什佛寺遗址、克孜尔石窟、克孜尔尕哈烽燧等六个遗产地成为新疆首批世界文化遗产。北庭故城是天山北麓唯一的一个遗产地。

郑老师教英语,她是和大翠同批的厦门援疆教师。她说和厦门相比,这里的孩子们底子弱得多,很难教。不过弱有弱的教法,从最基础的一点一滴地打磨就好。郑老师是很喜欢户外的人,因为新冠疫情管控,在疆期间也只能两点一线地生活。于是她在宿舍和办公室里每天拍一张窗外的风景。五百多个日夜之后,照片里那些从白茫茫到绿油油,从金灿灿到透明的世界,似乎每一天都在重复,却又每一天都是新生的。而与此同时,郑老师学生们的英语水平,也不知不觉间有了质的变化。

瀑布背后的观音塑像

初遇吉木萨尔 ◉

  我看着司机小张流光的眼睛,听他讲述小时候在天山脚下的河谷中摸鱼的快乐和长大后历经世事的开悟,越发确定一个道理:想要了解新疆这片土地,光知道这里风光如画、瓜果香甜,显然是不够的。

2021年7月

花儿沟的故事

厦门援疆指挥部的刘先生兼任吉木萨尔县财政局副局长,他对我说:"你那么喜欢花花草草,吉木萨尔有个地方你一定喜欢。明早我们要去那边回访一个厦门援疆项目的建设情况,车上还有个空位,你起得来就跟我们走吧。"刘局长不知道,为了看花看鸟,我能起得比鸟还早。

项目点在天山脚下,距离县城大约三十余千米,天山的山沟沟里不缺美景,但也没什么物产,所以这里的原住民并不富裕。后来引进了一个"画家村"项目,渐渐成了气候。也许是当初受苏联的影响,新疆画坛出了不少油画高手。以我浅薄的艺术眼光来看,新疆是个天生就充满活力的地方,无论是多姿多彩的民族生活还是大开大阖的山川河流，那种立体与生动确实很适合用油画的方式来表现。

　　村里提供三十年的土地使用权，画家们自己在这里盖工作室，学生们也来写生，集聚效应产生的同时，村里的农家乐跟着也就做了起来，收入自然也就不差。因为画家们盖工作室花的是自己的钱，所以并不会轻易换地方，这种模式有一定的"锁定"效果。但如何让画家们真心实意地长期留在这里，同时吸引更多的画家入驻此地？后续服务当然是要不断提升才行。于是厦门援疆指挥部在村子所在的乡里援建了一个多功能展馆，既可以办画展吸引游客，也方便搞教学。

　　画家们不住在村里的时候，画室钥匙都会留给这里的乡长。乡长是个年轻人，姓杨，家在城里，但他更爱待在村里，还就地开了一间咖啡馆。坐在门前开满虞美人和蜀葵的咖啡馆里，看着远处山坡上的牛羊缓步前行，喝一杯冷萃咖啡，有种奇妙的错位感。更让人惊讶的是，咖啡馆的前身是个羊圈，据说还是某位大画家的提

画家使用的颜料

议。因为他们都喜欢喝咖啡，村里又没什么地方，最后艺术家们以独特的眼光发现，这个废弃的羊圈加个顶棚就很不错，羊圈咖啡就这么开起来了。

杨乡长带我去参观画家们的工作室，里面挂满了画家们自己的和收藏的画，还有各种雕塑等，工作间里未完成的作品也有不少。我喜欢这里五彩缤纷的感觉，那些堆在一起的油画颜料管本身就是一个多彩的隐喻。

村里的一块荒草地上摆放了好几件装置艺术作品，原材料是森林里的断木和废弃的农耕器具，据说都是学生们的作品，我没看出多少内涵，只是觉得有趣。倒是山坡上有几间四面都是玻璃的房子，看上去透着孤独和寂寞，又与天地融在一起。我问杨乡长，这难道是某抽象派大师的装置艺术作品？乡长说你想多了，那是给学生们在雨雪天写生用的房子。好吧，艺术就是这么难以捉摸。

因为线缆的排布做得不到位，刘局长对厦门援疆的这个多功能

厦门援建的艺术展馆

展厅项目不是很满意，他与杨乡长谈起这事："一个为了艺术展示而诞生的项目，怎么可以在排线上就让人看着不舒服呢？"乡长表示当地施工队水平有限，并非故意为之，刘局坚持要整改。我不太懂这些事，走出去让他们继续说。不过既然展馆上"厦门援建"四个大字挂在那里，不以厦门的标准来要求是有点说不过去。杨乡长接受了意见，和助手（驻村大学生）准备整改方案去了。

刘局长说我一定会喜欢的地方叫花儿沟，就在这个村的后山上，路还没修好，得爬一段山路。我听了暗喜，人去得少，打搅就少，否则花儿沟里是否还能有花都不好说。

村里的小饭馆，无非是西红柿炒鸡蛋、过油肉以及普通得不能再普通的新疆家常拌面，没想到吃得我有些顶了胃，爬爬山正好也能消消食。话说在新疆，让我最为头疼的事就是调整食量和餐饮的时间——与厦门两个小时的时区差以及完全不同的饮食习惯，令我的消化系统全乱套了。唯一舒服的大概就是嘴，酸的、辣的、甜的、咸的，真过瘾。

但每一个来新疆的外地人都懂得，最舒服的其实是过眼瘾。

我爬上了花儿沟。那么一大片金莲花开在山坡上，金灿灿的感觉真的会让人产生贪婪的冲动；蝇子草也是一大片，乍一看不知道是谁散落了一地珍珠，细看一朵朵都像少女的白短裙；勿忘我把这一片山坡开成了朦胧的蓝紫色，新疆远志则将另一片山坡打扮成了粉紫色，跟勿忘我的直白宣告相比，明显还有些娇羞；团花驼舌草花儿单朵都细小的很，颜色也不固定，白的、粉的、红的、紫的都有，然而团簇在一起就不一样了，大地仿佛被用力地涂刷了一样，用的还是那种腮红色，动人之极。

长根马先蒿的花序呈现出标准的螺旋，欧亚唐松草浑身像挂满了小铃铛，瞿麦流苏状的花瓣风情万种，双叶梅花草中规中矩的表

花儿沟风光

面之下却有着极致的诱惑。新疆党参,高挑的茎,风铃一样的花,在这片花海上空形成了一层蓝色的薄雾。

刘局长说的没错,我喜欢这个地方。那只在云杉顶上唱歌的凤头百灵也一定很喜欢。

阳光照在我的身上,清凉的风吹在我的身上,花香裹在我的身上,我享受着这些的时候,草丛里的虫子也会雀跃地跳到我的身上。这就是世界本来的模样。

我看着山下这个村子,它拥有一个有趣的名字,新地沟乡小分子村,想起早晨来的路上,刘局长和他儿子之间的一通电话。儿子着急来新疆看爸爸,他忙着检查孩子有没有做好暑假作业,顺便有条有理地引导孩子该如何从易到难、树立目标、讲究标准、重视效果。我们笑他这是用工作精神培养下一代,刘局长有点不好意思地笑了,说:"没办法啊,人又不在身边,要是不严厉一点,孩子很容易懈怠的。"言语间,又似乎带着点愧疚。

我后来才知道，其实绝大多数援疆项目从立项、施工再到验收，包括监理，按照政策主要都是地方上的事情，并非是援疆部门的责任。然而从看不下去到深度介入，再到忙得自己团团转甚至主动申请延期，就为了将一个个工程做到经得起时间的检验，这在厦门援疆的过程中，早已不是什么新鲜事。也许刘局长这样的援疆干部就像是一个个的小分子，用平实又认真的态度作为支援省份和新疆之间的吸引力，才能将所有的人汇聚成大分子，将这里的事务一步步推上一个个新台阶吧！

下山后我问年轻的杨乡长，花儿沟后面的雪山叫啥名字。乡长说没名字，不过当地人都叫它仙桃山，说完指着山顶的冰川给我看——果然，那是一颗饱满的银色寿桃，为这方土地上努力的人们日夜赐福。

2021年7月

报春花和毛茛组成的花海

走亲戚

自从跟着刘局长跑了项目点、蹭车看了风景之后,我开始和厦门援疆指挥部的其他同志们也熟络起来,甚至到了晚上去指挥部蹭食堂的地步。按照闽南人的习惯,饭后自然是要泡茶聊天的,席间听说他们第二天要去"走亲戚"。我很好奇,他们在吉木萨尔哪来的亲戚?问了才知道新疆的党政干部(包括援疆干部)都会和几户当地人家"结亲戚",平时隔三岔五地去走访走访,了解一下对方有什么困难,看看能提供什么帮助。

我怀着忐忑的心情提出"跟着一起去",没想到被毫不犹豫地接受了。第二天一早,司机小张开车来接我的时候,财政局的刘局长和组织部的刘副部长已经提着大包小包坐

走亲戚

在车上,后备箱里全都是粮油和食品,还有一些送给孩子们的书籍和玩具,真的和串门走亲戚一模一样。

我忍不住问买东西的钱谁出,二刘异口同声:"自己!""呃,厦门的工资还勉强,要是援助城市自身的公务员薪水不高的话,那岂不是负担很重?""走亲戚哪能怕花钱呢?也不是所有的亲戚都是穷亲戚啊,有些亲戚富得很,要给我们送鸡鸭啥的,只是我们有政策不能收。"

原来走亲戚还有很多种。有的是帮扶对象,比如与刘副部长"结对子"的人员中,就有一位是在吉木萨尔打工的来自南疆的维吾尔族朋友,家庭贫困,普通话也不流利,而刘副部长的福建口音也不轻,两人的对话甚至需要比划,场面一度很有喜感。但他们也不是第一次见,彼此毫不介意,大家都很开心。那位维吾尔族兄弟还指着公司里纪念中国共产党建党一百周年的标语说:"我知道这

援疆干部提着礼物走亲戚

个事，好得很。"

还有一户家庭条件很不错，家中井井有条，装潢也颇为讲究。可女主人年初得了脑瘤，手术后在家恢复，虽然已经可以照料自己的日常生活，但子女都在外地，所以刘副部长也经常去看一看。她家院子里的小黑狗显然是认识刘副部长的，冲过来拼命地摇尾巴。

在山区的一户人家里，我们发现门开着，只有读小学的女儿在客厅做暑假作业。一问，怀着二胎的母亲在里屋睡觉，父亲进山里剪羊毛赚钱去了，要过两天才能回家。刘副部长放下东西，叮嘱了小女孩几句，说等妈妈醒来说一下，他改天再来。小女孩家看上去不富裕，见到刘副部长时有些腼腆，但并不害怕，还大方地在我的镜头前笑了起来，她显然懂得什么是善意。

刘局长的亲戚是一位老奶奶，住在养老院里。这是我见过最有中国特色的养老院——每户门前有一块十平方米左右的菜地！茄子、豆角、辣椒、西红柿、小葱、白菜，应有尽有。刘局长一声"奶奶"喊得很亲热，奶奶笑得嘴都合不拢，跟刘局长说："你看我这菜种得好不好？""当然好啦！比旁边种得都好！"奶奶脸上的笑容越发收不住了。我问刘局长："这创意是你们想的吗？"他说："对啊，整个养老院都是我们援建的，我们还建了一个2.0版本的，规模更大。"

告别的时候奶奶拿出晒好的干豆角送给我们，我们收了，毕竟这是亲戚们的一点小心意，不违反政策。

刘局长另一位亲戚是位有三个孩子的单身父亲，因为上班时间不能出厂，大家就隔着大门说了几句，他收了书，但不要刘局送给孩子们的营养品，说不能太娇惯孩子们。刘局说："你顾不上家，孩子们本来就吃不好，又都在长身体，哪能算什么娇惯。"好说歹说大叔才收下。

走亲戚

援疆干部和当地亲戚在聊天

  我们还去了一户牧民家，一大家子人。孩子们个个大眼睛长睫毛，见到我们就躲到另一间屋子里。我不好意思跟进去，就偷偷地瞄上几眼，被他们发现了，一顿嗤嗤地笑。男主人端出待客的糖果、肉干、干果和奶制品，女主人端上沏好的奶茶，我左挑右选最后挑了一块小小的奶疙瘩放到嘴里，用力一咬，没想到的这玩意硬邦邦的，牙齿差点崩了，众人一顿大笑。我看着炕上地毯漂亮的花纹，还有窗外种的葡萄和各种植物，没心思听他们具体聊什么，似乎也没必要听了不是？

  家访当然会发现很多问题，比如牧民定居点的厕所，都在户外。那么远，冬天岂不是很不方便？答案有些让我意外：这里基础条件太差，地下水资源不足，污水处理能力跟不上，冲水马桶无用武之地，而建旱厕就必然要远离人居。所以，建设美丽乡村并非一朝一夕之事，也很难毕全功于一役，未来的援建工作还有很多路要走……

牧民定居点的外墙周围种了很多玫瑰①，开得红艳芳香，墙上刷了不少标语，刘局长和刘副部长都建议说要请学美术的学生们来画点花花草草和有地方特色的图案，钱由厦门援疆指挥部来出。生活需要口号的激励，也要艺术的熏陶和文明的滋养，才会越来越美。

从日出到日落，我们走了好多户亲戚，这大约是我在新疆最特别的一天，谈不上有什么收获，毕竟这些都是援疆干部们的日常。你说是蜻蜓点水也行，但蜻蜓点水不就是在做繁育后代这项最重要的事情吗？

写下这篇文章的时候，我已经离开吉木萨尔半个多月，如今我身在八百多千米外的伊犁（还是在新疆，新疆真大）。傍晚我去了趟这里的人民公园，各族群众在公园里载歌载舞，我还被一位维吾尔族大叔鼓动着一起跳，那个我熟悉的场景终于回来了。

"民族一家亲"，五个字，十年，这片土地经历了巨大的创伤，又是如何重新一点一点弥补伤痕的？一个"亲"字，也许能给你一个答案。

2021年7月

---

① 我们在花市买的"玫瑰"其实是人工培养的月季。

二工河沟里的洪流 ◉

二工河沟里的洪流

天山里的沟一个接着一个，我恨不得逮着机会走个遍。那天，我跟着负责吉木萨尔县境内最西端二工河沟村项目的援疆小分队，一同吃了个闭门羹——原本约好的当地工程队放了我们鸽子，我们只能对着门上的铁将军叹气。建设局的张工和何局长无奈地冲我笑笑，似乎也有些习以为常。然而近百千米的路就这么白跑了可不行，于是我提议："我瞅着这山沟沟越往里走好像水草越丰茂，去看看呗！没准还能有啥发现。"

大家都晓得我是想进去看风景，也就几公里的路，乐得成全。果然先前路途两侧干旱的彩丘地貌迅速变成了草场和森林，哈萨克族牧民的夏牧场出现在我们眼前。白色的毡房外，马匹在安静地低头吃草，小朋友举着一个硕大的风筝从斜坡上往下跑，然后再爬上去，又带着口哨声冲下来，一遍又一遍，连带着山谷里风的呼吸都跟他一样充满了欢乐。我满脑子只有一个念头：这才是暑假该有的样子！

柏油路很快就到头了，从山谷冲出来的风如此奔放，将我们身上的暑热剥得干干净净。湍急的水声从山崖下的森林中传来，吸引我们去一探究竟。近处的山坡上，牛羊在安静地吃草；远处的山顶，积雨云正在向上翻腾——大雨将至未至，我们初来已来。

已经无暇在路边招摇的野罂粟上耗费过多的时光，河水将会在一个小时后暴涨，这是唯一亲近它的机会。二工河是吉木萨尔县境内天山河流中流量最大的，河谷里的断木比比皆是，它在提醒我们：眼前源自天山冰川，泛着淡绿色泡沫，就像是海蓝宝石被雷神劈碎了一般的溪流，将会变成咆哮的巨兽，掀翻任何企图阻挡它进程的障碍向前奔涌，就连千百年的大树也会被拦腰折断，甚至连根拔起。河滩上躺满了反复历经劫难的大小石头，它们已被彻底磨去

放风筝的儿童

棱角，却也因此焕发出别样的光彩。在以美石为玉的中国人眼里，满河谷都是诱人的财富。我们不是贪婪的人，我们只是想看看大自然的神奇，并不热衷于将美石捡进口袋。

河岸对面的山崖上，高山兀鹫在盘旋，那里应该有一个亡灵已经升上了天空。生命的尽头是最干净的，什么都带不走，包括躯体。暴风雨已经将山谷深处吞没，高山兀鹫们忽然滑向那里，就像是奔赴一场永不回头的约会，瞬间消失在墨色的天空中。风穿过森林，从远处低吼着飞扑而来。

我们知趣地爬上岸返回县城，在路上大家又聊起那个援建项目。何局长和张工都是工程建设方面的技术专家，在厦门援疆指挥部的办公室里，我总能见到他们拿着厚厚的图纸推敲、审定。去二工河村那天是周四，张工在电话里反复地催着当地一家单位，要在当天落实工程招标文件，这样周五公开招标，下周一就能进行后续工作。但是对方显然觉得"既然都周四了，那就等下周一再弄好

被洪水冲刷过的二工河河谷

二工河沟附近的新疆鼠尾草花海

呗"。张工无奈地对我说："你知道为啥我要申请援疆延期了吧！项目开不了工，钱花不出去啊！"然后又说最近有一家工程队，因为项目没做好居然尾款都不要直接跑路了。我听着觉得不可思议，何局长听了呵呵笑——人习惯了一件事往往就这样，连唠叨也放弃了。

可即便有这样那样的"意想不到"，这几天我在吉木萨尔县域见到的挂着"厦门援建"四个字的建筑也比比皆是。功不唐捐，世界是慢慢改变的。全中国只有一个深圳速度，厦门都比不了，指望新疆这里的工作效率能快速提升也是不现实的。说到底，援疆是一个大工程，背后本质上还是思想的转变。也许就像我们在二工河沟里看到的那样，大自然既需要摧枯拉朽式的洪流带来冲击，以纵横捭阖之势去开拓新局面，也需要日常涓涓细流的润泽才能让森林和草场健康茁壮。

二工河的沟谷里有一处台地，那里有一块大石头，上面刻有古突厥文字，是中国社科院考古所新疆考古队队长巫新华先生于二〇〇六年发现的。我已经很接近它的位置了，却无缘得见。不见就不见吧，哪能什么都心想事成呢？我记住夏牧场上那个放风筝的孩子和他一次又一次失败但永远灿烂的笑脸就可以了。

2021年7月

吉木萨尔麦田风光

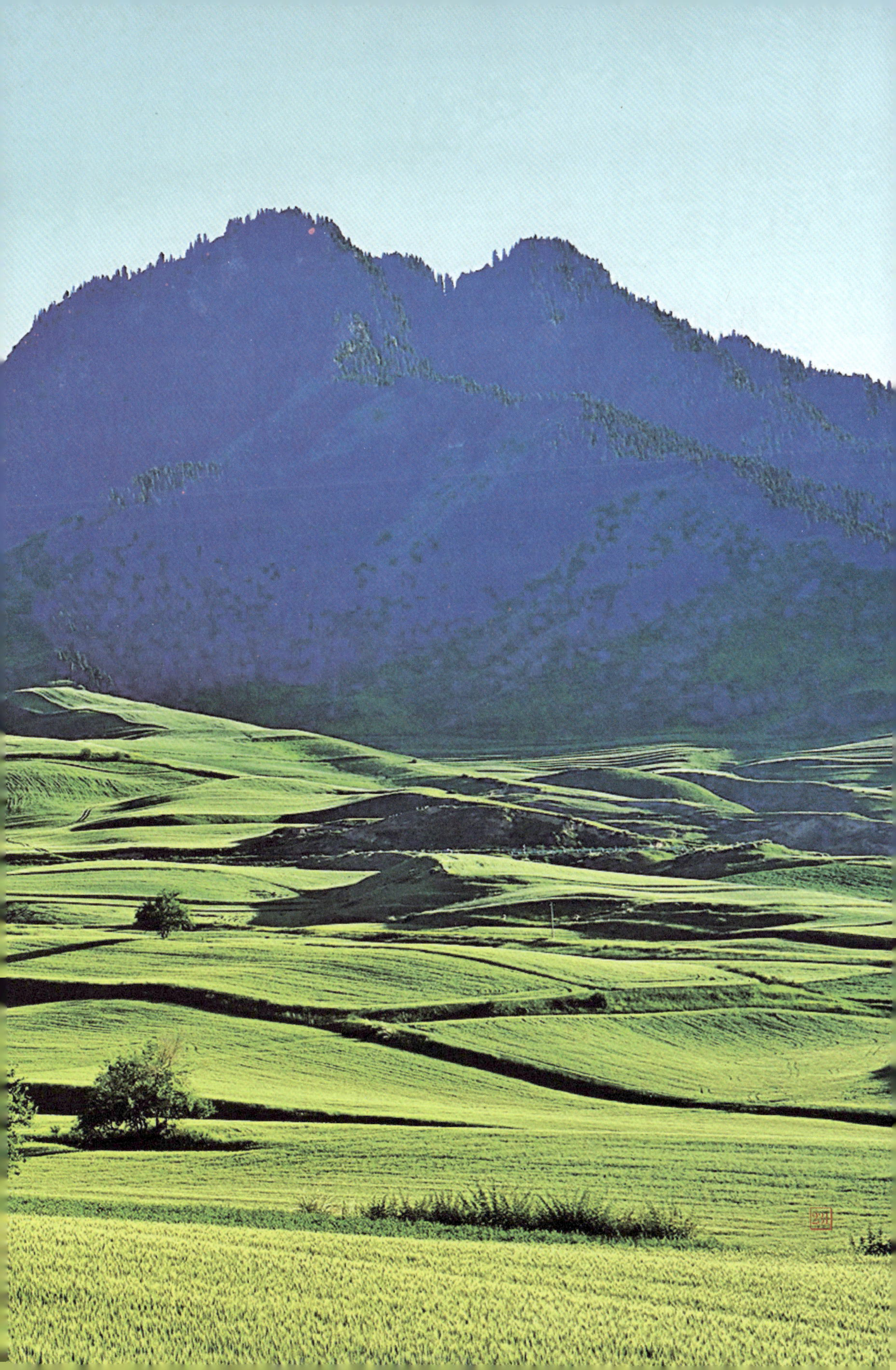

伴山公路的美

都知道新疆最美的公路是独库公路,第二呢?以我个人的体验,伊犁地区的昭苏公路当仁不让。这两条路都因为穿越天山所以展现了丰富多彩的地质构造和壮阔的高山草原风貌,给予再多的溢美之词都不为过。吉木萨尔县也在天山脚下,有没有同样拿得出手的风景公路?

有的!"伴山公路"沿着天山脚下与之伴行,风景虽略显单调,但是走遍天山南北的我,依然被这条目前尚且寂寂无名的公路折服——不仅仅是因为这里优美的山地风光,也因为在这里鸣唱的鸟儿和翻滚的麦浪。

受厦门援疆指挥部的邀请,我在吉木萨尔县给当地的中学老师、大学生志愿者以及

伴山公路的美

伴山公路

观鸟爱好者们做了一堂关于中国各地野生鸟类及其保育工作的讲座,得缘与本地的鸟友何医生和她的爱人冉大哥结识。讲座一结束,我们就约了第二天去山里观鸟。

幸福从来都是这样,会在你付出真情之后突然闯进你的心底。七月的新疆,天亮得太早,白天的阳光能把人烤干,只有太阳落山前的三个小时(下午七点半到十点半之间)才是观鸟的最佳时段。此时厦门的朋友夜生活有多么丰富,我这里观鸟就有多少乐趣。

不曾想,我突然接到了一个令我伤心欲绝的电话:我亲爱的姨夫,抗美援朝的英雄,永远笑眯眯,亲戚中除了父母对我最温暖的人,去了另一个世界。姨夫这辈子的腰杆都是笔直的,从不失一名军人的风范。尽管姨夫年岁已高,我们也有心理准备,但他的离去还是让站在夕阳余晖里的我,心情就像眼前翻滚的麦浪一样起伏难定。何医生和冉大哥听我简单说了一下,问我是否要回去奔丧,我看了看眼前壮美的山河，说不用。我知道，真诚地拥抱这片土地，才是对姨夫他们那辈人最好的祭奠。我有点想哭，但哭不出来，又觉得没必要哭。山风像姨夫的手，摸着我的头，也令麦浪激荡，如一道闪电冲向远方。夕阳中，裸露的山石浓艳似火，在森林上空燃烧。家燕、普通楼燕，这些从南方来繁育后代的鸟儿，在天空中做归巢前最后的飞舞，一切都是欣欣向荣的样子。只有脚下的花儿是静默的，失去了阳光的它们依旧美丽，让我想起姨夫和我在一起的一个个瞬间。

何医生和冉大哥决定改天再带我出来观鸟。我们约了某日凌晨四点，以急行军的速度向着天山的伴山公路再度出发。蓝胸佛法僧在沿途的电线上出操列队，也许是因为记错了防疫守则中的要求，彼此距离都保持在五点一米而不是一点五米以上。我指着一个土崖对何医生说："你看见没有？那里就是它们的家。"何医生说："哎呀，我咋看不见呢？"冉大哥说："不就是在那里嘛，那儿有个洞洞子！"何医生对我说："你不知道，我眼神不好，又开不好车，他就是我的腿和我的眼睛，没有他我根本看不成鸟。"冉大哥也不说话，手把着方向盘，车开得既快又稳。和蓝胸佛法僧这样的新疆世代原住民不同，何医生和冉大哥都是疆二代，他们都是医生，有的是机会回到老家，但是父辈们当初的选择也成了他们的最终选择，更棒的是，他们也成了彼此最好的选择。说实话，我有点羡慕。

将车停在伴山公路的一处停车场后，冉大哥从后备箱里拿出洗车的工具——山路边的泉水取之不尽。就在我说用矿泉水洗车太奢侈时，他又变出一把折椅和一壶茶——哎呀，整个天山的风都在一瞬间放慢了脚步。不过此时的何医生，早就抱着她的相机一溜烟跑没影儿了。

伴山公路的美

我拐了几道弯儿才看到何医生，她正对着大蓟花上的红额金翅雀疯狂地按快门。大蓟的种子有点像蒲公英，红额金翅雀很喜欢吃，它们先用嘴尖儿将尚未完全成熟的种子一一扯下，然后再用厚厚的喙磨开，一点儿也不怕大蓟身上令人生畏的棘刺。红额金翅雀的雄鸟拥有金色的翅膀，额头还染了一抹浓艳的红，它在花间上上下下，左左右右，忽闪跳跃，就像是盛装打扮的印度舞娘，是那种看一眼就会觉得气氛变得很热闹的鸟儿。忙着大快朵颐的它们对我们的靠近几乎是无限容忍的，最近时距离不足两米。我猜它们此时此刻的心情，和我刚来新疆那几天看到烤羊肉时应该差不多。

在红额金翅雀专心致志地用餐时，附近土坡上的赤胸朱顶雀和普通朱雀的关系出现了微妙的变化。原本各自美丽相安无事的它们，突然冲向彼此大打出手，只是丝毫分不出胜负的争执并无意义，战斗在四爪接触的瞬间就结束，原来都是虚张声势。照我看，这纷争本来就没必要——此处富含盐分的土壤多得是，无论是胸如桃花的赤胸朱顶雀，还是浑身泛红的普通朱雀，都足以尽情享用，何必总要盯着别人嘴边的东西呢？不过，高手比拼，讲究的是一个"快"字，我完全没看清究竟是谁先发起的攻击，也瞧不出是谁先松开了爪子。总之，这事我也只能断个糊涂官司，只要大家最后和和气气的，对谁都好。

我听到白头鹀在附近唱歌，但是找不到。冉大哥坐在椅子上一边喝着茶一边用手一指——就在我身后的小土坡上，小家伙躲在一处灌丛的阴影下！我慢慢靠近，选了个绝佳的位置正要拍摄，手里的相机却突然罢工，这太让人恼火了。可是你总不能跟机器较劲，只好继续用望远镜欣赏。白头鹀的身子是深咖啡色的，头顶和脸颊的白纹像是沾了一大片雪花，论外貌并不出众，可若是听它唱歌，

红额金翅雀（雄）

赤胸朱顶雀（雄）

那份细腻婉转,就像是音叉在耳边绵绵作响。

我正陶醉在这只白头鸫的歌声里,它忽然转头看到了近在咫尺的我,明显一惊,飞上了电线,歌声也戛然而止。我手里的相机忽然又可以用了,但是电线版的照片向来不受欢迎,我也懒得拍。直到它又飞落到一丛银露梅上,这才抓紧机会按了几下快门。没想到刚拍了三张,相机又崩溃了,搞得我也不知道是该庆幸还是郁闷。

也许是为了安慰我,作为"新疆第一大胆"的鸟儿槲鸫带着它的小崽子飞到我的脚边。这种在中国仅仅分布于新疆地区的鸟儿,浑身布满了黑色的圆点,就像是被某个烦躁的作家甩了一身墨迹。据说在欧洲,它们很喜欢吃槲寄生的种子,但是眼前除了麦田、草场,就是云杉、冷杉和新疆落叶松组成的森林,它们照样活得怡然自得,想来并不挑食。路边的坡地上有一户人家在盖新房,一只白喉林莺飞到一根木桩上用力地开始歌唱,仿佛是在给干活的人鼓劲,又似乎有一点点埋怨他们怎么可以只顾埋头干活却不拿正眼看看自己。好啦,别伤心了我的小可爱,你瞧,我不是带了备用相机嘛!来来来,就以这雪山为背景来张演出照。

沙䳭不一定要在沙地才会出现,满眼绿意的山坡也是它的表演场,只不过它擅长的不是鸣唱,而是舞蹈。羽色和沙丘无异的沙䳭,有趣的部分是它的尾巴。它总在飞,于是你能清晰地看到它的白尾巴末端有个标准的黑色"山"字——这是中国人才懂的观鸟描述,换作老外,大概会用海神的三叉戟来形容。这里还有穗䳭,和沙䳭虽然体态相似,但羽色发黑,头顶又有些银色的辉光,行动的节奏也慢不少,它迎着朝阳而立,颇有些贵妇气质。相形之下,沙䳭就像个患了多动症的顽童。

吉木萨尔的伴山公路两侧广种小麦,不是牧区,野外几乎没有死去的牛羊,所以天山地区常见的以腐食为生的高山兀鹫并没有出现。偏爱小型鼠类的山地猛禽成了这里天空的主角,大鵟、欧亚鵟(以前叫普通鵟)都有不少。我记得以前读过的资料里,大鵟在新疆地区并没有稳定分布,还以为是自己有了新发现。可回去一查,相关资料早已更新,这里不仅有欧亚鵟,也同样是大鵟展翅翱翔的天空。

  这几年我虽然没有停止观鸟,但用在观鸟上的心思并不多,最明显的就是已经很久没有认真研读过各种最新的鸟类知识了。先前学的又因为上了年纪,时常忘记或者混淆,当初那种上厕所都在翻看鸟类书籍的精神头儿没了,出了错也很容易原谅自己,一句"佛系、佛系"就连自己也忽悠住了。作为业余爱好这样不是不可以,但也谈不上光荣。其实,学习的过程充满了乐趣,只是被其他太多的杂事分了心。看着那些不断精进的年轻人,真的没有懈怠的理由。何医生和冉大哥观鸟的时间不算长,如今是第三个年头,正是干劲十足的时候。为了观鸟和拍鸟,两人专门弄了一辆四驱车在吉木萨尔县域爬高走低无所不往。其实当医生的哪有那么多自由时间,好在夏季新疆的落日基本都在十点半,早晨五点天色已然大亮,牺牲掉睡眠时间,在山野的晨昏中,鸟类的大合唱便成了夫妻二人独享的幸福。

  回程路过早晨见到的蓝胸佛法僧洞穴时,冉大哥对何医生说,"你去拍吧,上次没拍好,我知道你心痒痒着呢!"于是我和何医生下车靠过去,没想到平时有点呆呵呵的蓝胸佛法僧忽然变得敏感谨慎起来,明显在把我们往远离洞穴的地方引。我们当然不会去打搅洞穴里的雏鸟,但本能让成鸟感到害怕,所以它觉得有必要采取行动。它先冲我们飞来,然后猛地一个转身向旁边飞去。见我们没有跟过去,就又绕回来停在一边大声叫唤,企图吸引我们的注意力。我觉得这样让它白费力气也不好,就和何医生商量着算了,拍几张生境记录好了。我们将相机焦段调成广角，没想到一下子留意到土壁上有好几处白色的鸟类粪便痕迹——这可不是蓝胸佛法僧的习惯，应该是猛禽的"杰作"。果然，将镜头再拉近，一只奶里奶气的红隼幼鸟出现在我们眼前。

不过是一个稍稍凹进去的壁龛，连洞穴都谈不上，小家伙站在那里，显然看到了我们两个距离它不过五米的人形巨头怪（我们都带着遮阳的宽檐帽），眼神迷惑又有点小紧张——不知道妈妈在哪里，这些怪物既不靠近也不离去，只是左右移动，手里的"树枝"还不停地发出咔咔咔的响声。天啦，我太丢脸了，我是一只猛禽，我怎么能感到害怕呢？！我要用大眼睛瞪死你们！你不知道那些沙鼠和蜥蜴看到我的死亡之眼时是多么恐惧吗？我是猛禽，我是猛禽，我是猛禽！我瞪你，我瞪你，我瞪你！

伴山公路上的弯弯绕绕特别多，每换一个角度都会遇见不一样的风景和不一样的鸟儿，沿途的麦田虽比不上江布拉克广袤，却也足以让人感叹。这条路的海拔比独库公路和伊昭公路低得多，所以没有高海拔地区的罕见鸟种，但不妨碍成为本地寻常鸟类的幸福家园。这条路的夏季不会有寒意，只有阳光下的温暖与热情，这种温暖让我想起姨夫对我们这些晚辈的宠爱，又让我在何医生跟我说她和冉大哥越活越觉得相依为命时，开始相信爱情。

天下的路万万千。美不美，说到底还是看和你同行的人究竟是谁吧！

2021年7月

红隼幼鸟

从湖畔到沙漠

冉大哥带我去北庭故城北边的水库，说湖畔有些水鸟。我兴趣虽然不大，转念一想，聊胜于无，结果刚去没多久，一群灰鹤就从头顶飞过，看得我目瞪口呆。哎，早知道……

没有早知道，只有当下。渔鸥，很久没见了，你们好啊！凤头麦鸡，新疆湿地上最自以为是的家伙，漂亮是漂亮，聒噪也第一。弯嘴滨鹬红扑扑的肚皮看起来很有趣，反嘴鹬还是白莲花一般的存在，数量不多，说明水质还不错，至少藻类没爆发。湖面上空飞舞的燕鸥中，普通燕鸥个头挺大，小个头是黑浮鸥，对我来说，这个好，因为除了新疆别的地方不容易见。我想在草滩上找找有没有领燕鸻，但是没有单筒望远镜，这个任务有些困难。没记错的话，湖面上还有几只灰雁、凤头潜鸭和红头潜鸭。以往都要等到冬季，才能在南方的瑟瑟寒风里看到它们，如今在盛夏见到，还真有些不习惯。中国之大，有时候鸟儿都飞不出去。

  吉木萨尔县的山里有林鸟，库滩上有水鸟，河流的沟沟汊汊里有看不见的鸟，可是说到底，我最想去的是北边的荒漠地带，最好是走到古尔班通古特沙漠南缘。我一念叨，冉大哥拽上我就去了。

  沙漠里没有光污染，随着太阳西沉，天幕从坦桑石般明亮的蓝到泛起胭脂色的微红，再到玫瑰酱的浓紫色，夜空中迅速展开一条银河。无数的星星像钻石一样挂满了沉静的天空。我既能看到牛郎织女的恩恩爱爱，也能找到守护雅典娜女神的黄金圣斗士们——星空里的神话，永远都不会落幕。

  这里的夜晚很凉爽，唯有空气干燥得令我无处可躲，水一瓶接着一瓶地往肚子里灌也没什么用，我作为南方人很快就缴械投降。

暮色下的古尔班通古特沙漠

附近只有石油公司的磕头机发出有节奏的嗡鸣，以及不知名虫子的嘶叫。我看到野兔，也看到红隼，这里不缺弱肉强食的剧目。就在我们准备离去的时候，手电筒照到一只在地上快速爬行的东西，蝎子不像蝎子，蜘蛛不像蜘蛛。我弯腰想看清楚，它不肯停，腿有好几条，长长细细的，跑起来速度还挺快。我莫名有些生气，跟它较上劲了，将其逼到一个石块下面。它忽然缩住不动，我掏出相机拍了张照片，这才扬长而去。

很怪异的长相。硕大的螯肢、带吸盘的腿、口器凶悍、面容狡黠，带着异星球生物既视感，这是大名鼎鼎的避日蛛。避日蛛虽然和蜘蛛都是蛛形纲生物，但它并不是某种蜘蛛，而是避日蛛目、避日蛛科、避日蛛属的动物，是干旱荒漠里极其贪婪凶狠的杀手。比它小甚至差不多大的生物遇见它，几乎都难逃一劫。比如沙蜥，对沙漠里的各种小昆虫而言是可怕的"恐龙"，却时常被小一号的避日蛛猎杀。大自然能给你最想象不到的惊喜和震撼，我们能给大自然什么呢？

热爱自然的我们，本就是自然的一份子，即便人类已经拥有了改变自然的能力，也依然需要保持谦虚。莫要忘记，山谷里的风暴、荒漠里的沙尘，都具有掩埋历史的力量。从沙漠回县城的路上，我第一次见到了吉木萨尔的夜空，被熊熊燃烧的天然气火焰照亮[①]。

2021年7月

[①]吉木萨尔县具有丰富的矿藏和天然气资源。

天池的细节

如果当初在中学没有学过《天山景物记》，我不会从小就一直对天山心心念念。很多人和当初的我一样，默认天山天池是天山景物的代表，然而这是一个误会。我来新疆好几次了都没去天山天池，因为几乎所有熟知天山的新疆人都告诉我："天池，不好玩。"

确实，在新疆，天池既比不了博斯腾湖的浩瀚和乌伦古湖的富饶，也比不了赛里木湖的壮丽和喀纳斯湖的深邃。若是放到外地，群峰簇拥的天池也许算一处一流的景致，可偏偏落在了新疆，还在天山。天池若是有知，大约也会发出"既生瑜，何生亮"的感叹。

或许，放低期望值，人生会更容易觉得

天池的细节

幸福？

我已经假装自己是第一次走入天山的普通游客，但还是被天池景区内莫名其妙的路线设计给了当头一棒：真是"没有最糟，只有更糟"。还没到景点，先逼着你逛一大圈购物和饮食区——这真是反人性的设计。旅游不是不能购物和吃吃喝喝，可好歹要等大家逛完景致之后，有点饿，有点闲啊！所以几乎没有人会真的停下来消费，大家都恨不得抓紧时间挤上区间车，早点一睹天池的芳容。

区间车开得很快，沿途的风光被随车导游一句"没什么好看的"一带而过，可我分明看到棕尾鵟滑过天空的身影，听到溪流里河乌的尖鸣，还有路边和山坡上的那些花儿，五颜六色的花儿，都被飞速的车轮甩成一道模糊的彩虹。我只能在车上思考一个问题：天池是高山湖泊，高山湖泊怎么可能不美呢？下了区间车，加钱，坐电瓶车继续上山。不贵，十元，但我想不通为什么区间车不能直接开到天池边。好了，不去想这些，天池已经在眼前。如果，如果没有那些扎眼的人工建筑和大红大绿的游船，天池很美！

一眼望去，湖水倒映群山，白云伴着黑鸢，景致堪比九寨沟的长海。不行，我得去探寻一下天池的真面目，我要从普通游客变成与山水相亲的人，变成动植物的观察猎人，变成探究地质的榔头客。你瞧，我背包里的望远镜和相机都已经自己在往外蹦了。

天池边的木栈道修得很长，但走的人很少。即便走，大多数人也是被导游引导着走东边，去西王母庙。一来，我觉得还是让西王母她老人家住在昆仑山比较好；二来，头顶着烈日游湖可不是什么好选择，明显西边栈道更贴近森林，阴凉更多。事实证明，我的选择绝对正确，沿途不仅风光好、花鸟多，栈道的歇脚处也因为鲜有

天山天池

  人造访又有山风时时拂尘,干净得很,可以直接坐在地板上。拿出背包里的瓜果和馕,来一顿新疆标配的湖边野餐,惬意十足,妙哉妙哉。

  导游不推荐走西边栈道,是因为这里目前只有半自然甚至纯自然的森林风光,缺乏知识背景的导游们既讲不出花头,也赚不到外快,便宜我们了。

  湖边,宽刺蔷薇一大簇一大簇,好像真的要把天池水当作镜子。普通朱雀在云杉上唱情歌,我颇费周折才找到它,它的情人却早已循着歌声飞奔而来,然后又相约去那高山。灰白喉林莺正在育雏，嘴里叼着食物往巢里飞，没功夫停下来给我们四目相对的机会。山坡上的植物大多数都见过，记住名字的却没几个，于是又有了第一次相逢的喜悦。微风中它们朝我频频点头问好，我又怎能不俯身致谢？

　　野罂粟的金色比阳光还要热烈，更打动人心的是它在风中柔弱却不屈的姿态。卷耳白色的花细细小小，仿佛星光一般点亮了森林下方的幽暗。与之相邻的是让人心生柔情的鹿蹄草：花葶挺立，花朵朝下，如一个个倒悬的海棠盏，美艳且娇羞。虽说国内大多数省份都有鹿蹄草分布，我却是第一次见。传说它是从西王母豢养的金鹿踩出的脚印中长出来的，天池是西王母的行宫，安排我和鹿蹄草在这里初次相会——哦，老天爷，您原来这么注重仪式感！

　　漫行于栈道，天池的水色在眼底不停变幻——这是深浅不一的湖水与阳光、云影以及山峦的倒影共同交织出来的蓝色锦缎，随风一抖，你便可以在它与薄绿的春柳、波斯猫的蓝眼睛、浓艳的青金石以及深邃的蓝宝石之间找到共同点。最妙的是湖岸忽然冒出一大

鹿蹄草

片赭红色的崩石堆，与这些深深浅浅的蓝相映成趣——大自然作画的手笔，是你想象不到的。

越往里走，湖光山色越迷人，以至于我们行进的速度过慢，景区外等我们的司机师傅打电话催我们快点回去吃午饭。可眼前美景如斯，肚中何须五谷杂粮？让师傅自己去吃好了，我们要继续徐行。

中午的阳光容易令人困倦，一朵野罂粟从湖边的石头缝里伸出一个大大的懒腰，我用力蜷下身子，以它为前景，拍下远处的雪山和湖面。阳光强烈，我无法看清屏幕上的焦点是否集中在这朵花儿之上，一切尽随天意。继续往前，眼前忽然出现一大片白色的沙滩，天池也仿佛成了海。雪山、湖面、沙滩融为一体的画面并不多见，此处已经无须赞叹，无论是手里拿着相机还是手机的人，都在拍拍拍。我穿着凉鞋，走到沙滩上蹚了蹚湖水，波浪温柔，水温微凉，一切都是刚刚好，正是度假该有的体验。

这片沙滩从何而来？是山脉挡住风沙沉积的天意，还是人工为之？一番打量之后，我猜大概率是人为造景。可是它出现得如此恰到好处，令冷峻凝滞的湖面增加了十二分的柔情，我决定原谅这善意的"欺骗"。这大约就是"天意不可违，但天意可为"。

湖水之上是森林，森林之上是草地、裸露的岩石以及冰川。我曾去过天山一号冰川，知道那里一定有北山羊在奔跑，但此时我看不到它们，能看得见的是身边的蝴蝶。这里的蝴蝶多极了，翩翩起舞上下翻飞，与我们若即若离，像会勾魂的精灵，只需一瞥，便会怔住，舍不得走。

蝴蝶若不停下来，很难看清，更别提拍摄。我既懒又佛系，向来只拍那些停落在我面前的蝴蝶。然而有一只白蝴蝶与众不同：它似乎是有意识地在绕着我飞，忽然停下，却在我举起相机的瞬间飞走。我悻悻然离开，它又飞了回来，继续在我眼前盘飞，然后又在一朵花上似停非停，翅膀扇动的节奏既不像青凤蝶那么急促，也不像蛱蝶那么有力，而是轻飘飘的。我仿佛瞥见春日高墙大院里，荡秋千的大家闺秀手中轻甩的罗帕。"笑渐不闻声渐悄，多情却被无情恼"。哦，绢蝶！是绢蝶！

会不会是阿波罗绢蝶？我一改平时的懒惰，化作拼命三郎，专心致志地等机会。烈日当空，二十米的距离，我跟着它慢慢走了十分钟。它终于乏了，企图在一朵火绒草上摄取花蜜，贪婪又美丽，身上那些黑的、红的斑点像一幅神秘的图腾。阿波罗绢蝶是蝴蝶中少有的国家重点保护动物之一，可我并不能确定眼前这只折磨人的

阿波罗绢蝶

天山天池

漂亮精灵究竟是谁，毕竟君主绢蝶长相和它颇为类似。好在我看也看好了，拍也拍到了，回头请教专家们便知。可以安心返程了。

《天山景物记》其实通篇都没提到过天池，可见作者碧野知道天山最美的地方在哪里。但是我在天池行行走走，心情无一刻不是愉悦的。这并非是通过降低期望值得来的心理慰藉，山水就在那里，花草飞鸟就在那里，有什么理由不开心呢？行走新疆大地，固然还有无数的美景值得去探究，但只要你懂得如何去触碰大自然的细节，以天池为起点，未尝不是一个好的开始。

对了，专家告诉我那只绢蝶正是罕见的阿波罗绢蝶。哈，这真是天池给我最棒的告别礼。

2021年7月

龟兹往事

"一切有为法，如梦幻泡影，如露亦如电，应作如是观。"——《金刚经》，鸠摩罗什译。

二〇二一年七月十五日，我站在克孜尔千佛洞门前，抬头仰望鸠摩罗什的雕像。与千佛洞内中国最早的石窟壁画和造像不同，这尊消瘦、宁静、自在又充满慈悲的塑像是今人所塑，却几乎完美地诠释了他传奇的一生。

这里本属龟兹国，是佛教从公元一世纪传入中国之后最先抵达的地方。大约二百年后，这里已成为西域佛教中心，龟兹人开始兴建石窟，无论贫富贵贱皆热衷于此，并于四世纪达到鼎盛。此时出生的鸠摩罗什，自幼极其聪慧，七岁随母在雀离塔格山下的雀

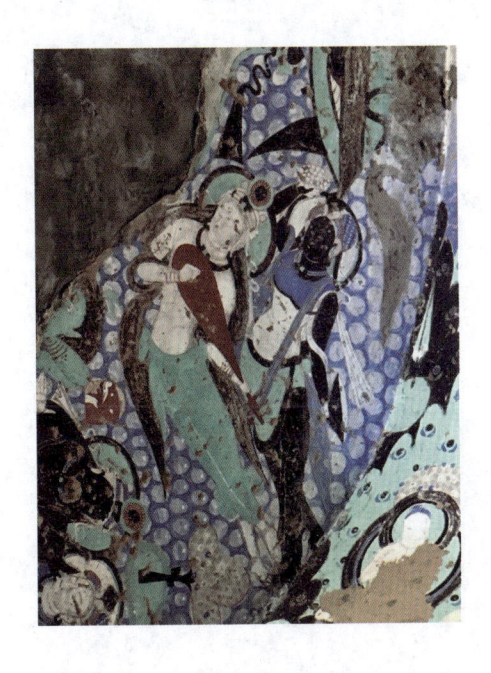

克孜尔千佛洞壁画

离大寺（今苏巴什佛寺遗址）出家，初学小乘佛教，后改学大乘，二者皆精，名闻西域，声播汉地。被时人誉为龟兹国宝。

一旦成了公众人物，幸与不幸，往往就由不得自己了。此时的中土，一分南北，与西域毗邻的中国北方，正值史书所称的"五胡十六国"①时期。豪强纷争之下，世无净土。鸠摩罗什的大名竟然将战祸引至此处，并导致龟兹灭国。

前秦建元十八年（382年），苻坚因仰慕鸠摩罗什的才名，派大

---

①晋在曹魏统一北方，进而灭孙吴统一中国之后，本可以继续秦汉统一之格局，但是司马王朝是门阀政体。社会各阶级的矛盾和对立难以调和，王基不稳。晋惠帝末年的八王之乱，和其他的外患导致中原沦陷，边陲不保，司马王室南迁。北方的黄河流域则成为各少数民族的逐鹿之地。直至东晋灭亡，中原从未被东晋所收复，此时期即为"五胡十六国"。需要指出的是，"五胡十六国"只是代称，当时除了匈奴、鲜卑、羯、氐、羌等五胡，建立前凉、后凉、南凉、西凉、北凉、前赵、后赵、前秦、后秦、西秦、前燕、后燕、南燕、北燕、夏、成汉等十六国之外，还有代国、冉魏、西燕、吐谷浑等，实际上共有二十国。

克孜尔千佛洞壁画

将吕光攻伐焉耆,继而灭龟兹,将鸠摩罗什劫至凉州(今甘肃武威)。三年后姚苌(后秦开国皇帝)杀苻坚,灭前秦,吕光随即割据凉州为王(后凉),鸠摩罗什只得随吕光滞留凉州十六载。后秦弘始三年(401年)姚兴攻伐后凉,亲迎鸠摩罗什入长安,以国师礼待,并在长安组织了规模宏大的译场,请他主持译经事业。

佛法以慈悲为怀,却成为战争的缘由。吕光从不礼佛,甚至故意令妓女与之缠绵,却也因此让鸠摩罗什得以与汉族各阶层广为交往,汉语因此大为精进,方有后来翻译佛经的不朽之功,为佛法在中土传播广为开道。是轮回还是宿命,又或者是因果祸福相依?千年之后的我尚苦于思考,彼时亲历诸事的鸠摩罗什,心中又该怎么想?

站在千佛洞前的木扎提河边,河水冰凉汹涌,堤岸上长风不止,红柳簇生,胡杨成荫。人在此处,暑气顿消,唯觉世界清凉无限。回望几乎寸草不生的明屋达格山上那些层层叠叠犹如天上宫阙一般的石窟群,不难理解古人为何选择这里为佛塑身、描绘心中的圣地——佛国的世界庄严伟岸,无需人间烟火,可以高高在上,石壁终日金光万道,正是绝佳选择。而人世间的法则则是生存之道,需要碧水长流方能内心安宁,少了这片绿洲便承载不了佛号的悠长。

很难不喜欢克孜尔千佛洞里的壁画,那么具有生活气息,甚至让人产生画壁上的那些神佛不过是邻家之子的错觉。供养人夫妻羞涩的微笑里荡漾着情爱,甜蜜千年不减;石窟门楣上凌空舞动的飞天,有的人看到了欲,有的人看到了美,还有人看到了自由;源自西方文化里的黑暗天使挥着翅膀与世人纠缠,佛教经变故事在一个个菱形的格子里被永不褪色的青金石描绘着,每一个都令人惊心动魄又令人若有所悟。

天与地，日和月，星辰与大海，都在一个个幽暗的洞窟里被精心描绘着。随处可见动物的形象：屡次错过的北山羊、时常遇见的赤麻鸭、还有奔跑的兔子、飞翔的天鹅、凝望的马鹿等，都能在这里找到。它们组成的万千世界很小，只有数个平方米；但又真的很大，足以囊括一切过往与将来。

也很难不为这些壁画感到悲伤。佛像袈裟上的金粉被盗刮之后露出的土层，像一个个伤疤。尽管部分壁画还来不及被偷走，百多年前国外探险者们留下的一处处盗割切痕，亦刺目至极。还有被历史上疯狂的异教徒们彻底毁损的部分，空空如也，让人觉得心也被掏空了一般。岁月和地震也是无情的破坏者，那些曾经照亮人们理想的佛国世界就这么一点一点甚至成片地在历史的长河中坍塌，任由今人扼腕也无济于事。

鸠摩罗什并没有在千佛洞留下什么，他出家和成名的地方是数

克孜尔千佛洞前的鸠摩罗什塑像

十千米外的雀离大寺。若干年后，唐玄奘取经路过此地，在《大唐西域记·屈支》中写道："荒城北四十余里，接山阿，隔一河水，有二伽蓝，同名昭怙厘（即雀离），而东西随称。"

如今只剩下断壁残垣但面积广大到足以令人震撼的雀离大寺，又称苏巴什佛寺。苏巴什是"女儿国"所在地，将雀离大寺分成东西两个部分的河流正是《西游记》中人人皆知的子母河。

雀离大寺的东侧部分至今仍未完成考古发掘工作，对外没有开放，西侧则在诸多令人瞠目结舌的壮观遗迹当中，铺设了严禁游人越雷池一步的木栈道。这块土地脚下的历史太长，又过于脆弱，一场集中的降雨就可能改变夯土建筑遗址的外观和地表沟壑，实在经不起游客们的践踏。

然而在鸠摩罗什的时代，这里曾是号称三万僧侣的学佛之地，是佛号声足以惊动背后雀离塔格山上秃鹫的西域第一大寺。我去过

雀离大寺讲经台遗址

雀离大寺寺院墙壁遗址

藏传佛教的很多圣地，也到过东南亚的一些南传佛教国家，对日本的东传佛教文化也略略接触过，依然难以想象彼时佛教在此地的盛况。也许当时的佛教并非是以宗教的面目出现，它本质上是一种哲学，是思考万物，尤其是与他者、与自我之间联系的方式。中土的战乱轻易就波及西域，纷扰的世间，人们迫切需要知道这一切苦难究竟是因为什么，而短暂的幸福安宁又是否真的可以永续。

若不是考古保护，那些十几米宽厚的寺庙墙体、高耸的佛塔、狭长的台阶、规整的储物间、成片的僧舍等，不过是天山脚下无人问津的"破城子"。就像天山南北诸多的遗迹一样，在荒野中无人问津，在岁月中回归大地，消散于一阵风尘。据说这里曾出土过一具贵族女性的尸骸，而且手握佛珠，她会是那位任性地、逼迫本已是出家人的鸠摩罗什父亲还俗娶了自己，后来又带着小鸠摩罗什投身佛门的龟兹公主吗？

看护雀离大寺遗址的维吾尔族小伙子性格很开朗，他给我们讲

龟兹往事

雀离大寺粮仓遗址

这里的故事，无意中说到"这里是我们祖先拜佛的地方"。他叮嘱我们要做好防晒，自己却晒得黑黑的，自嘲说第一个月工作后回家，妈妈都认不得他了。见我们这群人对沿途的动植物很有兴趣，就抓紧机会向我们请教。

我们告诉他，荒滩戈壁上韧劲十足不畏干旱的植物叫"老鼠瓜"，那些"红花"不是老鼠瓜的花，是它裂开后翻转的果皮，可以吸引小动物为其传播种子。那些发出刺耳的吱吱叫声的不是什么可怕的看不见的怪物，是伪装色十分好的硕蠡，透过望远镜你就能发现它在嘶鸣，听久了，甚至会令人为它的孤单唏嘘。至于飞来飞去的鸟儿，最多最不怕人的是沙鹀，叫声特别好听，头上有一簇冠羽的，则是凤头百灵……

雀离大寺的断壁残垣在阳光下呈现出迷人的金色，令人有一种玄幻感，仿佛那些雕梁画栋的建筑会随时原地拔起，复原出一个盛世的繁华。我甚至看到克孜尔千佛洞里胡旋舞的画面，耳边中阮、琵琶齐奏，胡琴、胡笳同响，可是一伸手，除了南天山干爽的风，抓不住任何东西。我只好举起相机，一张接着一张，将恢宏的雀离大寺与冷峻高大的雀离塔格山收拢在一起，用记忆去复刻一切。

二〇一七年九月二十九日，我在陕西游玩的时候，关大哥说长安草堂寺值得去看看，那是我第一次踏进鸠摩罗什的译经之地。鲜有游客问津的草堂寺里，至今仍保存着鸠摩罗什的舍利塔。八色彩石做的舍利塔高不过一人，下层圆盘状，上面刻着山岳江海，变化万千；中层云纹环绕，恣意风流，似可随心而动；上层阁楼状，端正肃穆稳若泰山。

善辩义理的鸠摩罗什生前舌灿金莲，死后舌头在火中不化，形成了绝无仅有的"舌舍利"。只是此等身后皮囊事，大约不是鸠摩罗什关心的了。

造访草堂寺翌日，我应表哥之约飞到敦煌，路过西云观时看到旁边有座白马塔，好奇问了一下，竟然是为了纪念当初跟着鸠摩罗什在路上累死的白马而建。当时只觉得缘分过于神奇，如今站在龟兹的土地上，我有点想知道：身在长安的鸠摩罗什，多少次西望天山下的克孜尔千佛洞和雀离大寺，望见子母河的河水，望见他的魂魄初遇安宁的怀抱。

2021年7月

"霞"谷深深

天山南北是迥然不同的世界。

统御北坡的元素是"水",草原、森林,满眼都是无尽的绿;南坡则是"火"的世界,从白到黄、橙到紫甚至黑,这里的山和石占据的色彩如此多元,甚至包括嫩如婴儿脸色的粉红,而唯一拒绝的,正是绿色。造物主将这极端的对比呈现在世人面前,是为了突显自己的伟大,还是提醒世人生命的脆弱?

库车大峡谷国家地质公园,当地搞旅游的人称之为"库车神秘大峡谷",其实哪有什么神秘可言!真要制造噱头,不如将"神秘"两个字去掉,换成"库车大'霞'谷"更贴切——整个峡谷都是赭红色,无论是旭日东升,还是夕阳晚照,随时随刻,霞光流彩。

站在库车大峡谷底部仰望天空

　　我们一头钻进这红霞的世界，顿时目眩神迷。

　　没有广角镜头的相机会在这里不堪重任。向来自诩看尽山川万物的人，到了这儿都变成了鱼缸里的鱼，井底下的蛙。峡谷外烈日炎炎，上层石壁在阳光的洗礼下一派金碧辉煌。天空被相峙的崖壁挤压成一条没有任何规律可循的缝隙，这条蓝色的缝隙有时像一片柳叶，或者一把圆月弯刀，更可能如一条巨蟒在众人头顶扭动身躯。

　　峡谷下层则是完全不同的世界，这里的风自带凉意，完全不用担心阳光灼烧皮肤。四周的岩石呈现出本真的色彩：砂岩为主的地方略带暗红，有些地方的沉积岩则是土黄色，夹杂着很多大大小小的砾石，看上去松松垮垮的，其实很坚硬，这是古河道抬升的证明。那些岩石上的漩涡、弧形的转角石、激流拍打出来的凹壁，都随着地质运动，慢慢成为需要我们仰视的地质奇观。今天，流水依然侵蚀着峡谷内的地表——只需山里的一场暴雨，窄窄的峡谷就会瞬间变成洪流涌动的凶险之地，峡谷两侧随处可见的紧急逃生设备便是证明。

"霞"谷深深 ●

  峡谷内鲜有植物，但并非寸草不生。崖壁上偶尔能看到一些景天科的耐旱植物，峡谷底部就更多一些——除了铁线莲，一处流水静缓之地，竟然还长着一丛芦苇，我实在想不通它是从哪里来的。

  在这种地方遇见岩鸽和一两只沙鵖、漠鵖，并不奇怪，可那只大朱雀雌鸟为什么也出现在这里，还在一段窄窄的仅容一人通过的峡谷的石壁上筑了巢？这彻底颠覆了我的认知。说实话，它的出现令我毫无防备，绞尽脑汁也想不出这大嘴鸟儿究竟是什么"文雀"。它在石壁上蹦蹦跳跳，来去自如，就像一只微型的岩羊，我们翘首以盼想看个周全，无奈光线不好，随随便便一小块凸起就足以令其隐身。那太难了！心理和身体遭受双重打击。也许这正是大峡谷想要给予我的体验吧——在一个狭小又巨大的空间里，感受自己的无力，又不想放弃。

  峡谷内有很多象形之地，大多以人类熟稔的动物或吉祥寓意命名。牵强附会的也有，但总的来说，大自然的神来之笔堪称妙趣横生：比如那只海豚，仿佛真的正奋力跃出水面；那只狗，看上去既凶悍又温柔，绝对是看家护院的好手；还有一丝清泉，从崖壁上的

行走在库车大峡谷底部

小孔飘落，那分明是头顶上的一枚"孔方兄"，由不得爱财的人们不冲过去双手捧接甘泉，沾沾财气。

在南天山，类似库车神秘大峡谷的地方还有很多，唯有此处被开发成旅游点。附近不少"野"峡谷，若论景色和壮观程度，也许更佳，但只有天空中那只棕尾鹭才真正拥有俯瞰的视角，看个真切。我等脱离不了地心吸引力的两脚兽，还是止步于"到此一游"比较好，否则一阵狂风突袭、一场倾盆暴雨，大自然分分钟教你做人。

库车公路终点附近的雅丹地貌

我这么说是有根据的。从托克逊附近穿越西天山尾部的时候，我们在一条无名的沟谷旁停车暂歇。那是塔里木盆地边缘，四周的山体覆盖着一层风积沙，两侧崖壁嶙峋如骨，地表已经没有流水，但是被雨水冲刷的痕迹无法掩饰，阴凉处的淤泥如同初凝的巧克力，手指轻戳，黏性十足。我们试图往深处探寻，很快就在乱石堆面前知难而退。走出沟谷再次回望，那破碎的山体仿佛郁结着无穷的悲愤，随时要发作，让人后怕。这种地方，一旦洪水来袭，是会陷进去还是直接被卷走都说不清。

也许你会说，这种地方哪儿有多少雨水嘛！说来你可能不信，就在塔克拉玛干沙漠边缘，我们下午还在烈日下大口吃瓜感受着人生的幸福，傍晚就见证了一场堪称史诗级的令天地失色的大暴雨，那场景，电闪雷鸣，仿佛海上风暴来袭。很快就有新闻报道说，罕见的洪水冲毁了沙漠里不少油田设备。

天山的脾气，是摸不透的。

必须承认，正是这种令人生畏的力量造就了大自然的壮美。在独库公路的终点，很多游人顶着太阳在路碑前合完影打完卡转身就走。他们不知道，就在公路两侧，一边，大地被撕开一道巨大的裂缝，绝壁千仞，危崖皲裂，底部却郁郁葱葱聚着一汪浅水；另一侧，登上路旁小丘，你会看到，在一眼望不到边的雅丹地貌中，晒成白色鱼鳞状地表与芦苇飘荡的浅水湾咫尺相依。耳旁的风咆哮着提醒你——是它用彩色的笔横扫过旷野，将狂野的基因注入这片土地；也是它令芦花飞扬，给大地妆点出无尽的温柔。我心头一动：飘落在库车大峡谷里的芦苇种子，当年是否正是从这里出发？

就在你登高远眺，将天地间所有的色彩都囊括于心底时，附近公路上飞驰的一辆辆车内，一切平静。路那么平整，窗帘多半都已拉上，车厢里空调送爽，也容易让人困倦，这种无名地，大多睡一觉就路过了，根本不会感知错过了什么。此时，你忍不住庆幸自己做了一次短暂的停歇，任好奇心带你探寻了一下这琢磨不透的力量，最终得以窥探一点点大自然的精彩。你清楚地知道它已经在那里千万载了，等的就是你来时的深情一瞥。

新疆这地方，真的，一眼万年……

2021年7月

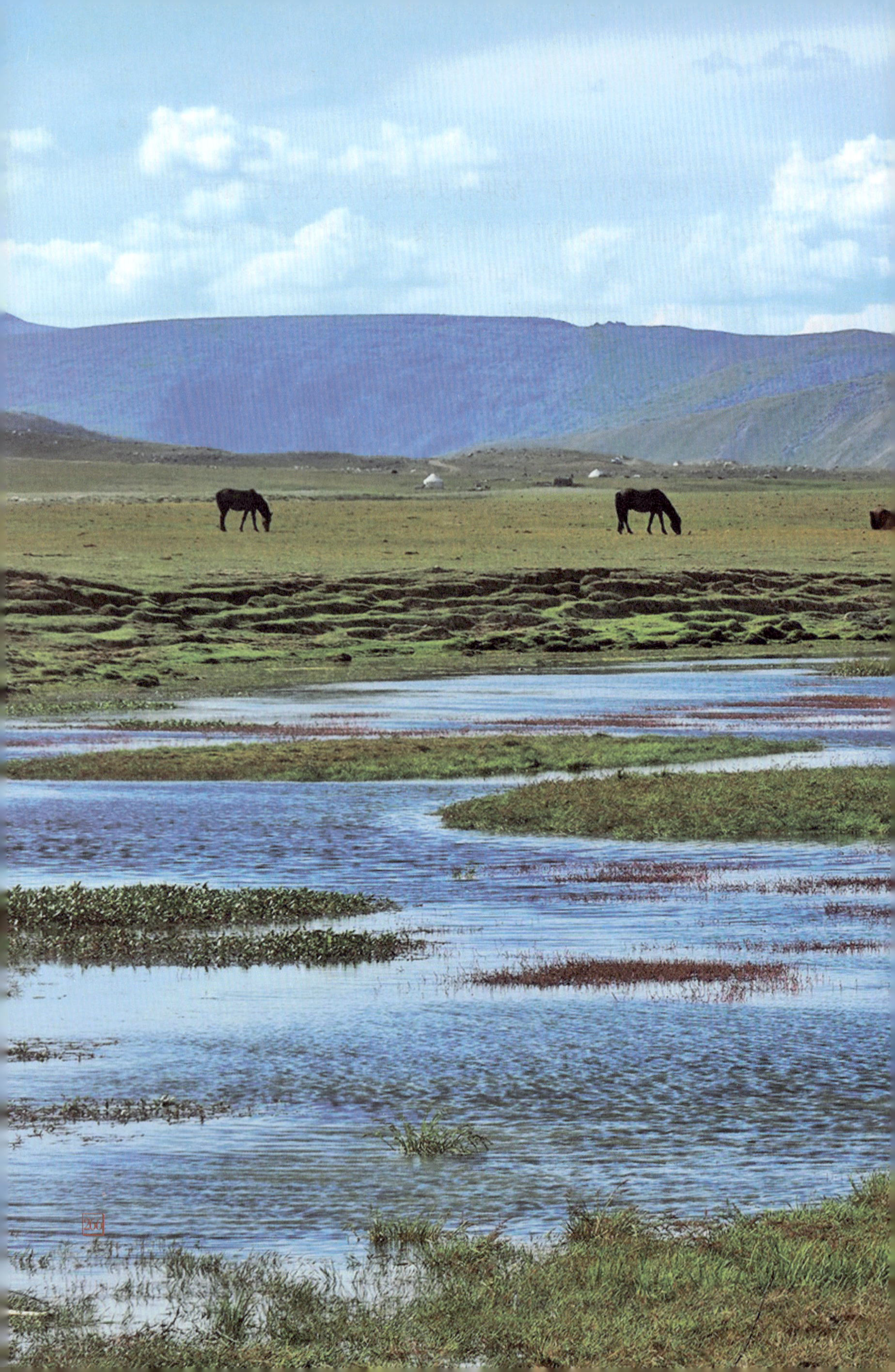

三道海风光

寂美三道海

通往三道海子的路上很少遇到别的车，即便是在新疆旅游业大爆发的今天，这里也不算热门。阿尔泰山的几个高山海子能有什么好看的呢？何况去之前的路漫长又荒芜，人们这么想。

三道海子在清河，翻过山就是蒙古国。二〇一九年我去东欧的时候，飞机从北京起飞，先向北掠过燕山山脉和内蒙古草原，很快进入蒙古国境内，地表从绿色的大草原变成了黄色的大戈壁，直到乌兰巴托附近才能看见绿洲和森林，然后才向西飞行。《清末旅蒙商述略》一书中，记载了清朝末期，得益于中蒙互市贸易和清军边防屯军政策的晋商，为了在满清和民国政府与准噶尔、外蒙王公、黄教势力以及沙俄之间富贵险中求

寂美三道海

如何在荒无人烟的大戈壁中开辟出一道道商路的故事。读罢唏嘘不已，又不得不佩服，人类为了利益所爆发出的巨大潜能。

蒙古国给人的印象是干旱，前往三道海子的路也是如此。阳光炙烤大地，风让水汽散失得更快，一下车就能感到体表的水分在逃跑，浑身不舒服。即便如此，这里的戈壁滩上还是长着很多新塔花，它们是如此的芳香，以至于行走其间，犹如徜徉在一片玫瑰花园里。新塔花是半灌木，也就二三十厘米高，紫色的花很小很小，却足以在戈壁滩上酝酿出一层若有若无的紫雾。对沙鵖们来说，一小簇灌丛就足够成为狩猎场，而电线上那只目光炯炯的红隼，视线所及应该都是它的食堂。同行的人说，一只大短趾百灵刚刚飞到我们的车边，可惜我在眺望远方，错过了它。

地上有不少啤酒瓶，是什么人在这里喝酒呢？或许是在月光下，这茫茫戈壁，远山化作墙影，敖包成了约定，人骑着马儿还是开着摩托来不重要，重要的是带着酒带着肉，带着天地只要有你有我便不再寂寞的情谊。这是哈萨克牧民的家，他们世代在这里，清苦得很，也自在得很。

翻过山就不一样了，海拔的增加让水汽得以汇集，大地渐渐有了更为蓬勃的生机。再往上，开始有森林，再上，草原又成了主角，而且伴着河流，九曲十八弯的河流，以及珍珠一样、明月一样大大小小的海子，让人忍不住唱出歌来。我爱听《草原夜色美》，翻过山，眼前的草原无需夜色也已美得让人落泪。

这便是三道海子，它就像是阿勒泰山东部的巴音布鲁克。喀增达坂边防检查站的风吹得每个人都不得不弯腰低头才能奋力前行，秃鹫却正好借着大风在众人头顶展翅千里。地上的野罂粟凭借以柔

贵可汗的石冢

克刚的天道至理在风中骄傲地绽放。同行的人在此将镜头盖遗失不自知，却在返程的时候原地捡起。大风带走的是温度，带不走的是我们对这里的回忆。

亲近三道海子并非易事，除了之前漫长且略显乏味的车程，还有最后十多公里需要换成越野车才方便通行的山路。虽然颇费周折，但也正因为如此，我们享受了包场的待遇。

坐在花海子边，优雅的大天鹅从我们面前安静地游过。三只蓑羽鹤在没过胸口的水中渡河成了我们的独家新闻。红嘴山鸦在草地上彼此戏谑，距离我们不过一丈之遥。成群结队的粉红椋鸟从我们身旁呼啸而过，转眼又疾速冲回，考验着大家的摄影技术。湖里长满长叶水毛茛，白色的小花开成一片，与空中的云朵相互称羡。天蓝得就像是童年的快乐那么纯粹。风是寒冷的，但水把山、把我们的倒影、把阳光都收拢在怀里，轻轻地漾起涟漪，又让人觉得安心和温暖。

牧民的毡房和马匹此刻都是安静的，只有羊群在山坡和水岸边蠕动。这里的河流有着令人着迷的曼妙曲线，却似乎不甘心受大地的束缚，总想要变幻姿态，柔软中饱含张力。站在河边，你几乎听不见流水的声音，却能眼见着一小方堤岸坍塌，噗通一声滚进河里，浪花转瞬即逝。于是你懂得了静水流深，懂得了那股不屈不挠的力量如何在沉默中缔造了历史。

草原上有一个巨大的石冢，宛如一座小山丘。附近有鹿石，远古的岩画已经有些模糊，岁月尘封了这里的故事。据说这是贵可汗的墓地，也有人说这是他爷爷成吉思汗的大墓。没有人能断定，谜底都在那些未曾被掀开的石头底下。或许高山鼠兔知道，它和它的妻子就住在里面。

我们绕着石冢而行，高山鼠兔夫妻俩也在石堆上来回奔跑。它们并非在做健身运动，也不是在追看我们，而是忙着储备冬粮。和高原鼠兔（黑唇鼠兔）不同，高山鼠兔会在食物充足的季节，衔回很多青草铺在石头上晒干，再将其收储，以熬过漫长的冬季。相比之下，青藏高原上常见的高原鼠兔，则主要是通过降低消耗以及吃大型食草动物尤其是牦牛的粪便过冬。靠"懒躺大法"尽管也能活着，但夏天不勤劳，冬天就只能吃屎。深谙其理的高山鼠兔们忙得飞起，根本顾不得躲避我们的镜头，唯一能让它们将身子缩进石缝里的，是天空中掠过的猛禽。

三道海子的水流入小青格里（格里，蒙古语"河"的意思）。

长叶水毛茛

在注入乌伦古河之前，小青格里两岸是茂林深谷，我们在里面看鸟，看树，看花，一切都那么惬意悠闲，连时光的脚步也慢得让人想笑——等我们走出山谷，晚上九点的太阳还高高地挂在头顶上。鸟儿们也不知道停歇，唱着节奏明快的歌，仿佛是《打靶归来》的节奏。这里有一块大石头，上面绘制了一幅瑙干彩佛岩画，六百多年了，色彩可辨，法相笑容依稀。如此寂寞偏远之地，是什么人这样煞费苦心在此作画？

手机里的地图，坐标不知道从什么时候已经从日常的北上南下变成了西上东下，看着清河所在的阿勒泰地区，上连哈萨克斯坦，下接蒙古国，我的脑海里忽然浮现出一条连贯欧亚的大通道——草原丝绸之路。

寂美三道海

高山鼠兔

　　这就对了，三道海子和小青格里河谷并非一直像今天这样寂寂无名，历史上，这里应该是"草原丝绸之路"上的要冲，否则那个巨大的石冢不会出现在三道海子，佛像也不会被绘制在小青格里山谷的起点。在这里喝酒饮马放牧的哈萨克族先辈们，也不曾像今天这样悠闲，马奶酒分享给多少朋友，马蹄就踏过多少敌手……

　　这条路始通于先秦。秦汉之际，匈奴分裂，一支西迁去欧洲，导致罗马帝国灭亡，另一支南下归附汉朝，漠南漠北两条路因此得以连接巩固。隋唐时期，唐朝军队相继打败突厥、铁勒汗国，迫使漠北草原的游牧部落在回纥的率领下归附唐朝，这条路成为少数民族首领来长安朝拜唐朝皇帝的路，得名"参天可汗道"。

　　在吐蕃和西夏占据河西走廊时期，唐末、北宋、辽与西方国家

小青格里

之间的陆路唯此相通。一一二四年，契丹耶律大石也是沿着这条路率部西迁至中亚地区，征服了高昌回纥、喀喇汗王朝，建立西辽政权，将东方的儒家思想、语言文字、典章制度及生产方式带到中亚地区。蒙元时期，草原丝绸之路达到繁华的顶峰，既是政令、军令上传下达的重要通道，也是对外商贸往来的主要线路。而随着海上丝绸之路的繁荣以及明清闭关锁国的政策不断深化，草原丝绸之路的光芒迅速暗淡，清末旅蒙晋商在此基础上开辟的"大北道"，不过是回光返照罢了。

二〇一九年夏天，位于中国第一高楼"上海中心大厦"五十二层的朵云书院旗舰店开业，我和好友约在那里见面，没有拍照打卡，只是各自埋头在书店里挑着自己喜欢的书。我俩是同级校友，她买的是专业书籍，我买的就是那本《清末旅蒙商述略》。她是教授和业界知名律师，而我则站在三道海子边，吹着千年不变的风。

2021年7月

可可托海没有爱

这几年，新疆旅游持续人气高涨，不过可可托海火成那样，还是让很多新疆人莫名其妙，起因肯定是因为那首在自媒体上流传甚广的歌《可可托海的牧羊人》。然而歌中失恋的牧羊人也说了，心爱的养蜂姑娘去了美丽的伊犁，去了那拉提。伊犁毫无疑问是新疆最美的地方，那拉提草原也是风情万种，但游客们偏偏涌向了牧羊人的故乡可可托海，然后愤怒地说："骗子，没有海！"惹得素来实诚的新疆人民既委屈又伤心。

我也很郁闷。蜂拥而至的游客让景区车辆调度不堪重负，结果原本应该一站站停靠的区间车，现在全程不停，把大家送到最出名的神钟山一带，就匆匆掉头去接下一拨游客了。可可托海在蒙古语里的意思是"蓝色的河湾",我是冲着额尔齐斯河大峡谷不同地段的多样化的地质地貌和生态系统来的,现在被直接丢到光溜溜的神钟山下,哭笑不得。

并非一无所获。神钟山本身是一个相当吸引眼球的地质奇观——完整的花岗岩山体呈现完美的倒扣钟形,三百六十五米高的落差足以令每一位仰视者心灵震颤,蓝绿色的额尔齐斯河从山脚下奔腾而过,激浪翻涌之声被山壁反射直入耳鼓,如听黄钟大吕。

结实的花岗岩也禁不住岁月侵蚀,看似完整顺滑的神钟山,缝隙并不少,岩燕以此为家,而在山头盘绕的正是它们的劲敌燕隼。岩燕的速度在同类中算不得最快,但空中技巧堪称一流,崖壁遏制了燕隼俯冲的速度,最危险的地方因此最安全。

几株新疆落叶松将根深深扎在石头缝里,流水滑过的地方长有

神钟山

一小片一小片绿油油的岩白菜。岩白菜的叶子和白菜有几分相似，但它是虎耳草的一种，花朵粉紫色，娇媚得很。可惜这个时节，花期已过，"白菜"就白菜吧。

额尔齐斯河水有些凉，两岸长满了西伯利亚红松。大山雀和褐头山雀气势汹汹地瓜分势力范围，双斑绿柳莺也企图分一杯羹，它的第二道翼斑有一点点发黄，容易让人误以为是橙斑翅柳莺（只是这个特征似乎也不稳定）。随便啦，就当我眼瞎好了——中国西部的柳莺实在是太难鉴别了。还是那只苍头燕雀的雌鸟乖巧，它在路边山坡上凸起的石头下筑巢，忙着育雏的它尽心尽力到了忘我的地步。我本是被岩石上生长的瓦松和景天科的花儿吸引，爬过去想拍一张微距照，结果靠近了才发现居然有只鸟儿在我身下，眼瞎也看到了啊！我赶紧悄悄后退，同时招呼大家过来，同行的小帅哥忙着

奔涌的额尔齐斯河

到处找他那喜欢拍鸟的妈妈，结果当妈的在队伍另一侧举着相机一声不吭，拍得不亦乐乎。你也别着急说人类的亲妈如何如何，除了极少数鸟儿，双亲一旦将娃养大，第一件事就是将其赶出家门。小帅哥马上就要去读北大了，当妈的凭什么还不能回归自我，宣称"此后鸟排第一，儿子第二"呢？！

养蜂女离开可可托海其实情有可原，蜜蜂追逐花蜜，神钟山一带的植物此时却已大多结束了花期。虽有些失落，好歹还有阿波罗绢蝶能让人眼前一亮，金龟子和某种毛茸茸呆萌的不知名昆虫也令我们啧啧称奇。

很久很久之前我就想来可可托海。说来原因很简单，我非常想去美国的约瑟米蒂国家公园，看看那儿的巨型花岗岩山体"酋长岩"。美国暂时去不了，先看看国内最接近酋长岩的神钟山，也不错。

当初我在厦大读博士的时候，宿舍在山上，隔海相望的是漳州南太武山，那也是巨大的花岗岩山体，但实在是太大太大了，大到人一旦靠近就失去了那种感觉。神钟山和它周围的一切，体量刚刚好，既可以远观，也可以亵玩。

以南太武为代表之一的，中国东南沿海一直延伸到韩国济州岛和日本等地的花岗岩岩脉，造就了千奇百怪的海岸线，以及诸多海上仙山。李白笔下的天姥山就是一例，没想到在中国极西北的阿尔泰山也有它的孪生兄弟。我有些莫名其妙的兴奋，仿佛自己便是《梦游天姥吟留别》里那按下云头，纷纷而下的仙人之一，在此间御风前行。

受风蚀和冻胀等作用影响，这里的花岗岩石壁上遍布凹坑与沟槽。密而小的，是蜂窝状岩体，怎么看都像是孔雀翎毛层层叠叠；略为巨大与稀疏的，是佛龛状花岗岩地貌，小时候幻想的山中宫阙莫过如此；至于那些因水流冲蚀垂直而下的沟槽，在阳光下明暗交错，酷似流淌的瀑布，是为瀑布状花岗岩地貌。我总觉得若有神力掀开"水帘"，背后没有美猴王也该有个六耳猕猴才对。游览此处，非细察不足以品味其中乐趣。我们喜欢动物，就看到孔雀、豹子、蟒蛇等等；有人喜欢美女，眼底有丰乳肥臀也不稀奇。

　　但也就到此为止了。没有区间车，十几千米的山路我们实在无法步行游览，幻想在宝石沟里捡到海蓝宝的美梦还没开始就破碎了；百花草场上那些招摇的小花们，也只能继续寂寞地自开自赏。阳光在富含云母的岩石上，仿佛跌碎成亿万片金叶子，在长风中洒满整片山谷，我们却隔着车窗无法触及。区间车起点附近来不及细看的白桦林和西伯利亚苦杨林，如今依然一闪而过，仿佛我记忆中

可可苏里湿地

校园里那些白皙高挑的俄罗斯女留学生——她们的美丽，真实又遥远。

我们对可可托海景区管理的一点点怨气被景区外的可可苏里稍稍治愈了一些。可可苏里其实也算可可托海和额尔齐斯大峡谷景观的一部分，这片面积不大的天然沼泽湖泊是很多水鸟的家园，灰雁、普通燕鸥、苍鹭、大白鹭等，虽然对我们来说都是很常见的鸟儿，但是至少这里没有太多人打搅，节奏不用太过匆匆。我们可以在阳光下与它们静静对视，告诉它们：可可托海，我也来过。赤麻鸭大叫，嗯，也许是大笑。

我们没去可可托海的矿坑，那是新中国为了给苏联还债在大地上留下的巨大伤疤，嘲讽着曾经的"兄弟之爱"，也提醒着我们对"自强"的深刻理解。我们宁可走进可可苏里旁边的无名山沟，那里至少有大自然坦坦荡荡的本真模样。赤胸朱顶雀和黄腹鹨在这里为了争地盘斗得天昏地暗，让我们直喊过瘾又觉得有些不可思议。喜欢植物的朋友们则在这半荒漠的地方，找到了几种好看的柳穿鱼，又见到了心仪已久的兔儿草。先前被密匝匝的游客挤得心烦意乱的神经，在这儿算是都放松下来。古人云"失之东隅，收之桑榆"，诚不我欺！

也许，我是说也许，挑一个游人稀少的季节，我再来可可托海，牧羊人动身去伊犁，大家就都能找到自己的爱了。

2021年7月

野性喀纳斯

喀纳斯的小木屋住着很舒服。图瓦人的院子里到处都是花，女主人信手摘一把插在杯子里，红的、粉的、紫的，煞是好看，放到门廊下的木桌上，我们就拥有了一个漂亮的小茶台，闽南人的秉性在新疆大地上瞬间暴露无遗。大家饮着茶，享受新疆之旅难得的休憩时光。悠悠地等到日落时分，近百只小嘴乌鸦忽然飞来，盘旋着，占满天空，让所有人惊呼。我们开始烦恼：明天起个大早去看鸟，还是今晚先来个夜观呢？

面对大自然神奇的一切，我们是贪心的成年人，我们全都要！

夜色下的山峦与月光是相恋千万年的情人，只需默默相望便可互诉衷肠，星空因此有些隐约。地上的花儿在我们的手电光里尤

野性喀纳斯

其醒目，当所有的目光都汇聚在一处时，白天容易忽略的细节全都被发现。唯一遗憾的是，睡一觉就又都忘记了。这里的夜太过安静，我们睡得像婴儿，唯有鸟鸣能将我们唤醒。

天空刚刚泛起鱼肚白。空气里流淌着极薄的雾气，昨夜在这边山坡上吃草的马儿今早已经爬上了那边山坡，牧马人起得比我们还要早。图瓦人是蒙古族的分支，然而喀纳斯的图瓦人受哈萨克族的文化影响更深，除了普通话，日常大多讲哈萨克语。不过蒙古族独有的呼麦并没有从他们的生活里消失，当牧马人忽然发出犹如大提琴低音部颤动的声音之后，那种帅气，简直可以在草原上召唤出神明。我并非第一次来喀纳斯，对这里的鸟儿没什么特别的期待，长焦相机又出了点问题，干脆只拿着望远镜出门，落个轻松。

森林里有一只长嘴的鸟儿突然飞起又降落。这种地方，这种海拔，这种模样，不是孤沙锥就是林沙锥，当然，较为常见的丘鹬也

晨曦中的大天鹅

普通䴓(shī)

有可能。我希望是林沙锥，因为还没见过。不过理智告诉我，一个人的运气通常不会那么好——别人在海拔四千米杳无人烟的地方才能看到的鸟，我头天下午喝着茶，晚上吃着烤羊肉喝着大乌苏，今天早晨散散步就看到了？世间哪有那么便宜的事情嘛！神秘的鸟儿又惊飞了一次。此时阳光已经斜照进森林，尽管它只飞了两三秒钟便一头"栽落"，也足以排除是头部有横纹的丘鹬，更不是林沙锥。是我曾在秦岭见过的孤沙锥——没错，停下来笨笨肥肥的，动起来沉甸甸的却依然是个机灵鬼，像极了这几天在东京奥运会上出彩的国乒队员"小胖"樊振东。谜底揭晓后，我开心了很久，才第二次见嘛！

　　这附近似乎已经没有什么鸟儿可以打动我的心了。上一次在喀纳斯足足看了两天的、歌声甜美又好看的圃鹀、调皮的暗绿柳莺、吵死人的叽喳柳莺、拼命刷存在感的星鸦等，都还在这片大山的呵

紫斑掌裂兰

长距柳穿鱼

护下无忧无虑地生活着。饶是如此，当我走出森林，面对一汪碧水之上，正在轻轻游弋的大天鹅一家三口，我的心还是稍微颤抖了一下。周遭的一切似乎都为了凸显它们的优雅而保持寂静，就连身后森林里的鸟鸣也都在为它们礼赞。它们仿佛是步入宫廷舞会的王室成员，众人情不自禁地默默颔首行礼。鹊鸭们也纷纷潜入水中，然后在它们面前钻出水面，像是一群引路的保镖。

阳光扑进水面，一瞬间金光跃动，舞会开始了。普通䴓新疆亚种在湖边的树枝上跳起小狐步舞，偶尔抬一下翅膀，露出胁部的锈红色，酷似南方的栗臀䴓。衣着华丽的普通朱雀、赤胸朱顶雀也纷纷下场，牵着阳光的手飞旋起来。

喀纳斯湖里有没有水怪我不清楚，但湖边确实有怪兽——美洲水鼬（又名水貂、美洲水貂）。听名字就知道小家伙的老家在北美，为什么会在这里出现？其实，作为皮毛养殖的对象，美洲水鼬早已

被引进欧洲和亚洲北方多年，少不了有被放生的和逃逸的。这些重获自由，又极其敏捷和聪明的小家伙很快就在"新大陆"定居下来，喀纳斯湖里丰富的鱼类资源更是它们以此为家的理由。

我们在湖边木栈道上散步。这只除了下颌发白，浑身黝黑的美洲水鼬就在栈道下和浅水区贴着岸边来回搜寻食物，一会儿钻到水里，一会儿又冒出来，身子一抖，皮毛上的水珠就散落了。我们的出现扰乱了它捕食的节奏，它钻出水面用萌得让人心软的眼神看了看我们之后，消失在湖边一处树根的洞穴里。能在大白天看到美洲水鼬是件令人兴奋的事，它是夜行为主的动物，估计它也没想到会在大清早遇见人类。别以为美洲水鼬只会游泳和潜水，它同样是攀树的高手，所以，下次你若到了喀纳斯湖边，听到森林里的动静时，不一定都是松鼠，也可能是它们。

喀纳斯湖很深，湖面平滑如镜，到了出水口忽然变得汹涌起来，很多游客选择这里的漂流项目寻找刺激，我们则一如既往避开人群，在湖边小路上寻找属于我们的小乐趣。

一株云杉不知道什么原因倒了，枯死的树干横躺在湖面上，没有人来清理，这是无比正确的。丛林里的倒木能让出空间使阳光穿透森林，朽木在真菌和昆虫的作用下重归大地，成为新生命开始的

欧亚红松鼠

地方。湖边的倒木虽然起不到那么大的作用，同样也有它存在的意义——普通秋沙鸭以此为隐秘的休息点，普通䴓跑上来搜索有没有虫子可以大快朵颐，欧歌鸫雏鸟站在上面对外出觅食的父母翘首以盼……

我们的乐趣显然并不局限于一棵死去的大树。林下阳光无法直射的地方是兰科植物们的家。紫斑掌裂兰太美了！叶子上的斑纹仿佛是山林野汉的兽皮裙，淡紫色成串的花儿则是林中仙子的笑颜。裂唇虎舌兰，别看它现在长得像不起眼的黄豆芽，等它开了，你就知道它的可爱了——像是一个个戴着婴儿帽的玩偶。谁说贵为国家二级重点保护的植物就一定要端着呢，人家就是喜欢"装嫩"不可以吗？

还有松下兰，分明就是用黄水晶雕琢而成，剔透喜人。虽然名

美洲水鼬

字里有"兰"，松下兰却不是"兰"，而是鹿蹄草科水晶兰属的腐生植物，它分布广泛，但并不容易碰见。眼前的它还没有完全绽放，低着头，花骨朵蜷缩在一起，仿佛在等你上前吹一口气，它就会"嘭"地一声朝你盛开。我们既不是上古传说里的山鬼，也不是童话里的森林精灵，我们只是普普通通的人类，没有什么神奇的法力，只能顺应大自然的节奏，遇见什么就是什么，其他的，交给想象力吧。

最好玩的还是北极花，这种忍冬科北极花属植物，高不过十厘米左右，比牙签还细的枝头一分为二，两头各挂着一个米粒大小的白色花朵，像两个小铃铛。若论外貌，在林下草地的众多花卉中，它太不起眼了，可它竟然是匍匐的灌木而不是草本植物，还会克隆自身！趴在地上凑近闻了闻，芳香扑鼻，这是多么神奇的小东西啊！难怪植物分类学鼻祖林奈对它喜爱有加，以至于北极花的别名就叫"林奈花"。有人在我的朋友圈里忍不住感叹我是一个撞大运的人，原来我脚下这片不足三平方米的土地，会让新疆本土的植物分类学家羡慕到嫉妒呢！

喀纳斯风光

野性喀纳斯

其实，林下喜阴植物在大众眼底比不过聚花风铃草、野罂粟、千屈菜、千里光等喜欢阳光的花儿——它们在森林的空隙处美艳如妖，芬芳斗艳，一派欣欣然。柳穿鱼大约是最迷人的，细长的叶子似柳，花儿像一串跃出水面的小金鱼儿，惟妙惟肖。怎么会诞生如此有趣的造型呢？大自然作为一名设计师究竟有多少常人无法理解的奇思妙想呢？上一次六月份来喀纳斯，正值这里的新疆芍药盛放之时，满山谷的姹紫嫣红，是让人要跳起来的惊艳。现在是七月中旬，芍药花早就谢了，尚未完全成熟的种子挂满了枝头，像一个个五角星，也颇有趣。我本想摘几粒种子，可转念一想，一来种子还未成熟，二来这些芍药离开了山林，就算能在你我的院子里绽放，也没了此处的精气神。那一股由山川沃野滋养出的桀骜不驯和唯我独尊的气势，只怕洛阳城的牡丹见了都要谦让三分，我又何苦将其拘束在高墙之内。

我想起昨晚在草原上喝酒的时候，音乐响起，隔壁桌的哈萨克族朋友们就纷纷放下碗筷在草地上跳起舞来。这是哈萨克族的乐曲和舞蹈"黑走马"，混杂着图瓦人呼麦的音乐里，听得人脚趾发痒。"歌与马是哈萨克人的翅膀"，男人们将剽悍和豪放藏在轻快的动作中，四里八乡都能感受到那股得意与"骚"气。女人们的细节则都在手指上、眼睛里，不卑不亢，有来有往，充满了自信和美丽。也不知道是喝多了还是喝得不够多，我怔怔地站着，摇头晃脑、打着节拍、鼓着掌，就是没办法走过去跟着一起跳。天知道，我内心深处是多么渴望啊！

哦，野性的喀纳斯，我真的能回到无拘无束的大自然里吗？

2021年7月

大地斑斓——彩丘与海上魔鬼城

我曾写过一篇以"地涌五彩"为主题的新疆游记。初恋往往都是最美好的,我不认为这一篇会比上次写得更好。然而,人生往往需要经历更多才能找到最适合的,看风景也一样,同类景致背后还有很多细节上的差异,即便分不出高下,细细品咂各自之妙,亦是有趣。

彩色丘陵,简称彩丘,这是一个从丹霞地貌里拆分出来的地质词汇。

斑斓的色彩和波浪状的起伏,彩丘令人耳目一新,让人联想到流行于南疆喀什和莎车地区的艾德莱斯绸。艾德莱斯其实就是"扎染",当翠绿、宝蓝、桃红、明黄等对比强烈的色彩,参差错落,疏而不乱,以极富层次感的方式呈现在你面前的时候,孰能不

大地斑斓——彩丘与海上魔鬼城

爱？维吾尔族人称之为"玉波甫能卡那提古丽"，意为"布谷鸟翅上的花纹"，隐喻它能给人们带来春天的气息。不过布谷鸟（大杜鹃）胸口的横纹才是艾德莱斯绸的模样，翅膀倒是挺素净的。

严格地说，彩丘与丹霞地貌是在同一类岩层上发育起来的，这类岩层被称为"红层"。红层一般发育在内陆盆地的河流或湖泊环境中。从盆地边缘往中心，形成的沉积岩硬度通常会越来越小，丹霞地貌大多发育在盆地周边相对坚硬的砾岩、沙砾岩和砂岩的红层地区，而相对较软的粉砂岩和泥质岩则发育出红层丘陵。当黄色、黄绿色、蓝灰色、灰白色、浅红色的泥岩、页岩及粉砂岩等杂色岩石，被大自然用她的伟力"扎染"进红层丘陵时，就成了今天我们看到的这些在大地上起伏飘动的艾德莱斯绸。甘肃张掖彩丘因为张艺谋导演的电影一炮走红，其实在新疆还有很多规模更大、色彩更丰富、景观更独特的彩丘，其中以新疆阿勒泰地区的五彩滩和五彩

天山南侧的彩丘

艾德莱丝绸

城，以及昌吉回族自治州的五彩湾最为精彩。

五彩滩，虽然规模不大，但因为靠近喀纳斯，所以游客最多。这里确实值得来看，因为干坼的彩丘之下是额尔齐斯河滋养出的一大片绿洲，纵横如肌肉纹理的河道缠绕着诸多沙洲，树木以昂扬的姿态在这里生长。这种对比让人忍不住感叹造化的神奇。我亲耳听到几个东北大妈说："带我们去什么禾木看破房子，我们老家到处都是小木屋，谁稀得看那玩意，这儿多好啊，这儿多美啊，这上别地儿哪儿看去啊！"广受北上广文艺青年喜爱的禾木小木屋被大妈们嫌弃成渣渣。新疆的旅游业，市场定位看来还可以更精准些。

我很想去五彩滩对面的绿洲观鸟，奈何此行时间有限。下一次我打算五月底过来，骑着马，脖子上挂着望远镜，戴好防蚊帽。

五彩城和五彩湾虽然分属两个地州，但其实直线距离才几十千米，都在卡拉麦里自然保护区南端，二者基本雷同，胜在规模宏大，人行其中，恍若漫步于奇异的外星球。我曾在以前的文章里写

大地斑斓——彩丘与海上魔鬼城

五彩滩与额尔齐斯河谷

过,就不赘述了。

在新疆五彩的大地上,雅丹地貌不能不提。

"雅丹"在维吾尔语中的意思是"具有陡壁的小山包"。它们原本是河湖干涸之后的土状沉积物,经过间歇性流水冲刷以及新疆长年的大风侵蚀打磨,形成与盛行风向平行、相间排列的风蚀土墩和风蚀沟槽。

雅丹通常都是淡黄色的,少有"五彩"。然而莫要忘记新疆大地的阳光,尤其是夕阳的魔力,它能让世界在一瞬间变成令人瞠目结舌的调色板,而且随着光影变幻,从金黄到橙红,再到赤如丹霞,美艳丝毫不让彩丘。

夜色下的雅丹地貌,幽暗的剪影和鬼哭狼嚎般的风声往往令胆小者倍感惊悚,所以规模宏大的雅丹地貌常被称为"魔鬼城"。新疆的魔鬼城很多,哈密的、克拉玛依的、库车的,数不胜数,大多和甘肃敦煌的魔鬼城差异不大。必须单独提一下的是福海县的海上魔鬼城。陪伴着五彩滩彩丘的是川流不息的额尔齐斯河，海上魔鬼城则时刻值守在浩瀚的吉力湖边。在这里，我们遇到了堪称此行最辉煌的自然之美，也见证了大自然最温柔的一幕。

因为毗邻大湖，夕阳下的海上魔鬼城犹如梦幻堡垒一般。也许蒙古黄金家族的历代首领曾伫立于此，一如在东海之滨写下"东临碣石，以观沧海"的曹操；也许世代在吉力湖里捕鱼的渔民曾在魔鬼城下躲避风浪，祈求上天的呵护。阳光像流淌在魔鬼城里的蜂蜜，让造访此地的我们心底也甜甜的。不过在那只蹲在岩石上的草兔心中，也许此刻才最为特别：它望着水天交汇的远方，静静的，痴痴的。有那么一瞬间，我觉得它是在想念离别已久的嫦娥；又有那么一瞬间，我猜它是在苦苦思索为什么玄奘来了又要离开，对它的爱无动于衷。草兔的出现令几近荒芜的魔鬼城有了不一样的生机。多数情况下草兔都极为机警，由不得人类靠近就已飞速逃离，

海上魔鬼城里的草兔

大地斑斓——彩丘与海上魔鬼城

海上魔鬼城

然而这只草兔对我们毫不设防，几乎伸手就可以触碰到它蓬松的毛发。很难解释它为何完全无视我们，是伤了心还是伤了情？

晚霞将所有的美丽都投影在海上魔鬼城巨大的丘体上，也映红了湖面。浅水地区的芦苇荡里，不时有鸥鹭的影子划过，赤麻鸭和灰雁肥硕的身子散落其中。眼尖的同伴看到了不一样的大鸟，啊，竟然是上百只白琵鹭。夕阳之下，它们洁白的羽毛在金红色的水面上仿佛也变成了燃烧的火焰，此景在我心底，真是比西天的霞光还要美丽万分。

原来，与干坼的彩丘和雅丹地貌相依偎的，始终是精彩的生命。

2021年8月

湖边寻宝记

我曾在远处的山头奋力攀爬，只为了眺望一眼粉蓝色的乌伦古湖，也曾经在它的岸边感受过暴风雨的狂虐，这一次，乌伦古湖会带给我什么？

想去看白头硬尾鸭。这种国内目前只在新疆才有分布的鸟儿，曾被发现于乌鲁木齐市郊的白鸟湖里。为了保护这个个位数的繁殖种群，众多新疆鸟类爱好者和地方政府经过多年努力，将白鸟湖从无人关注随时可能被填埋的野湖，变成了一个拥有法律地位的保护小区，还有专人值守。不仅仅那几只白头硬尾鸭，众多鸟类和其他野生动物也因此受益。

乌伦古湖的白头硬尾鸭种群是近两年才发现的，数量有两位数，一经发现就引起了鸟类爱好者们的关注，这些年来观赏和拍摄的人络绎不绝。乌伦古湖浩瀚如海，提供的空间是面积狭小的白鸟湖无法比拟的，生活在这里的白头硬尾鸭应该会有更好的状态吧？

可惜，天不遂人愿。我们在乌伦古湖沿岸走了一上午也没见到白头硬尾鸭的影子。路边是一些半封闭或全封闭的浅滩湿地，巨大的蒸发量让这里的水比大湖里的盐分含量要高一些，周边长满了耐盐碱的植物。草原沙蜥将这里当作自己的狩猎场，但也不得不提防着众多天敌。只有在与大湖相通的地方，才是芦苇的天下，那里是文须雀的游乐场。各种水鸟非常多，但对来自沿海的我们而言，吸引力太小。太阳很大，我躲在车里不停地喝水，搞不懂同行的她们怎么有兴致在地表四十度以上的路面用各种造型跳个不停。她们跳得比飞鸟还高，也可能是因为这里的鸟都不爱飞，全在低头觅食。

电线上的伯劳需要仔细看看，别看都是灰不溜丢的，面罩够大的是黑额伯劳，肚子白的是西方灰伯劳，有细细横纹的是灰伯劳，大家看到最后觉得还是算了，伯劳不怕晒我们还是怕的，在新疆，指数50+的防晒霜效果其实不如一把伞。我想起小时候父亲向我解释"什么是幸福"，他说夏天在农田里双抢（早稻收割，晚稻插秧）的时候，来一片云遮住了太阳，那就是幸福。以前懂得模模糊糊，如今走在新疆的观鸟路上，心底明明白白。

其实我有点搞不懂的是紫翅椋鸟。它是真的紫得发黑，是少数拥有所谓"五彩斑斓的黑"的鸟儿。问题是这儿可没什么能遮阳的地方，穿着一身夜行服，在如此炙热的阳光下来回飞，是被晒傻了么？你看粉红椋鸟就比较聪明，一半黑一半亮粉，既能减少阳光的伤害，撞色设计还显得怪时尚，躲在石缝里悠哉悠哉。

"没有白头硬尾鸭，来一只白鹈鹕也不错啊！"同行的鸟友吴花念叨着。"不要做梦啦！白鹈鹕记录就没几次。"我嘴上这么说，心底却也期盼着，谁不想见白鹈鹕呢？

　　车沿着湖岸缓行，我盯着近岸的一切，一只赤嘴潜鸭幼鸟稀里糊涂游到岸边，隔着车窗用手机都能拍，远处有一个巨大的白色影子滑过眼角。定睛一看："白鹈鹕！白鹈鹕！"车厢内瞬间炸锅了。距离很远，但毋庸置疑是两只白色鹈鹕。岸边有个伸向水面的半岛，他们都顶着大太阳摸了上去——可以让距离缩短五分之一，大热天空气扰流大，能近一点是一点。只有长焦相机罢工的我决定坐在车上用望远镜看看就好。"但是，看着有一点点像卷羽鹈鹕呢！不会的，卷羽鹈鹕还是在东部比较常见，我都跑到万里之外的新疆了，这里还是白鹈鹕概率更大。对了，等飞起来就知道了。卷羽鹈鹕不是只有一半飞羽是黑色的嘛，白鹈鹕我记得都是黑的。"我在心底自言自语。他们在拍啊拍，我在望啊望，直到司机师傅忍不住说："差不多了吧，前面路还长着呢！"要说也真是巧，他刚说完，两只白色的鹈鹕就飞了起来，哇！飞羽全黑的翅膀！赚到了赚到了，白鹈鹕白鹈鹕，大家加新加新！

　　俗话说人逢喜事精神爽，众人被晒得已经有些蔫巴的表情瞬间都舒展开来。但是，等等，你们这些长焦镜头拍出来的照片为啥要那么清晰？这这这，没有大面积裸露的红色眼周，这不是白鹈鹕，这是卷羽鹈鹕的亚成！亚成鸟飞羽也都是黑的……

　　"啊……""嗨！""哎……""找地方吃饭吧，肚子饿了。"

　　我才意识到这是个难题，原本预计两个小时怎么都能搞定白头硬尾鸭，结果都到了饭点了（新疆午餐时间通常是下午两点）也没什么像样的收获（对我而言），而且为了观鸟，我们越走越远，这时候调转车头去县城吃饭显然有点不划算。

　　小兵就像大家肚子里的蛔虫，打电话过来说："刚才我看你们在湖边慢慢看鸟，估计没时间回县城吃午饭了，你们别着急，继续看，我们买好午餐了，过一会儿就能给你们送过来。"众人闻之欢呼。新疆之行，有如此强大又贴心的后勤队长，真是福气。我们找到一座瞭望台，塔很高，六七层，影子就落在塔下的木头平台上。旁边有一个分类垃圾桶因长期无人使用，里面的废旧电池、废旧灯泡和医疗用品的投掷格子，竟然全被鸟儿占据营巢，还在里面成功地下了蛋——连野鸟都看中了这里，果真是个休憩和野餐的好地方。

众人卸下背包，一屁股瘫坐在平台上，湖边的风很凉爽，突然有人小声说："要是现在有西瓜吃就好了。"大家纷纷批评这种"贪欲"，因为这是谁都无法拒绝的诱惑！正说着，小兵和小军提着大袋小袋扛着大包小包走过来了，不仅有品种丰富的自热米饭，更有

乌伦古湖

二十多斤重的大西瓜！还有哈密瓜、桃、杏等，大家的欢呼声比看到"白鹈鹕"时还要大。

新疆的甜，何止是水果。

爬上瞭望台，乌伦古湖湛蓝的湖水令人有奔跑着投入它怀抱的冲动，但是我被团员们劝住了，他们说没看到白鹈鹕不要紧，后面还有路要走，年轻人别冲动，千万不要跳……好吧，我带着他们到乌伦古湖最南段的一处戈壁滩上，这些抗晒能手，开始低头妄想捡玛瑙、捡宝石、捡风凌玉。疯了疯了，全都疯了！

疲倦、失望、兴奋、欢笑、暖心，乌伦古湖边的旅程，不，新疆的旅程，对于此行的我们来说，应该是忘不掉的吧！

2021年8月

东归与西迁

新疆库尔勒博物馆的造型就像藏传佛教中的金刚宝座，漠西蒙古四大部落之一的土尔扈特部落东迁的故事，占据了一整层展厅。游牧民族的生活和丧葬习惯与农耕民族迥异，鲜能留下历史悠久的文物。库尔勒博物馆展出的实物大多是牧民随身的生活用品，和内蒙古以及京城蒙族的王公贵胄们的日用器具相比，并没什么看头，感召人的，是土尔扈特部落人的那段悲壮历史。

时至今日，当初因为暖冬，伏尔加河迟迟未能结冰，西岸一万多未能追随土尔扈特部落首领渥巴锡踏上东归中国征途的人们，留在当地形成了卡尔梅特共和国，成为欧洲唯一一个信奉藏传佛教的国度（目前仍属于俄罗斯联邦）。由于二战期间卡尔梅特曾被德国占领，之后的苏联对卡尔梅特的人并不友好，曾经将几十万人遣散到中亚各地，十几年后才准许他们返还家园。

苏联解体后，沙俄欺压土尔扈特部落的历史记忆再度被唤醒，卡尔梅特境内独立的呼声越来越高，然而经济结构相对单一的小国，命运很难掌握在自己的手中。卡尔梅特共和国至今仍然几乎全民礼佛，保持着蒙语和汉语教育，总统甚至提出引进一万中国移民促进当地传统文化发展，可当初错过了东归的他们，如今也只能依旧漂泊。

伏尔加河东岸那些历经千难万险回到中国的土尔扈特部族，大多数被清政府安排在了巴音布鲁克草原。去过那里的人都知道，那

巴音布鲁克草原上的Ω型河道

是一片美丽富饶的地方，水草丰茂，是天鹅的故乡。草原上有一座当地人俗称的"喇嘛庙"，正是源自辘轳车的流动佛堂——身定了，心也就安了。

我们抵达库尔勒的那天晚上，下了一整夜的大雨。来自南方的我们起初不以为奇，第二天才感受到了当地人谈资中的诧异。他们说，这一夜下了当地三年的雨量。也许世界真的在改变。

历史上，气候是决定游牧民族和农耕民族之间关系最重要的因素之一。大草原上严重的旱情令毛腿沙鸡和斑翅山鹑之类的荒漠鸟类不得不南下求生，紧随其后的往往就是前来劫掠的战马，所以这些鸟类曾成为北方游牧民族是否会南下侵扰的"预言家"。如今这样的情况当然不可能再发生，决定民族关系的不再是源自饥饿感的原始冲动，而是彼此包容的心。文化通了，大家就都是一家人；向心力有了，大家就都是好兄弟，其利断金。

察布查尔县在库尔勒市西边六百多千米外的伊犁河谷，距离天山上隶属库尔勒的巴音布鲁克草原也有三百多千米。"伊犁"在维吾尔族语言里是"宽阔"的意思，在蒙古语里对应的是"伊勒"，意味着"光明显达"。库尔勒市的故事是"东归"，察布查尔县的主题是"西迁"，二者都和蒙古族有关。

不过，察布查尔县的西迁主角锡伯族，源自东北嫩江和松花江流域的鲜卑人，只是依附于后来强盛的蒙古族的科尔沁部落，并不能简单视作蒙古族的一个分支。蒙古的科尔沁部与清太祖努尔哈赤先敌后友，双方姻亲不断，是清朝"满蒙联盟"的典型——康熙的祖母孝庄太后便是来自科尔沁部。清军入关之后，盛京地区驻防空虚，依附于蒙古科尔沁部落的锡伯族正好生活在该区域，科尔沁王公们心领神会，主动地"将所属锡伯、卦尔察、打虎儿等一万四千四百五十八丁进献，内可以披甲当差者一万一千八百五十余名，分

纳达齐牛录关帝庙·察县

于上三旗安置"。锡伯族自此脱离了蒙古族科尔沁部附庸的身份，被清朝正式纳入到了八旗中的镶黄、正黄、正白三旗，走上了"披甲当差"的道路。

当初土尔扈特部落因为遭受同属漠西蒙古的准噶尔部落欺压才远走西方，东归时清政府已经剿灭了企图叛乱的准噶尔部，土尔扈特人自然就分得了天山上的好草场。与此同时，盘踞在伊犁河谷一带的准噶尔势力消亡，导致千里沃土却几无人烟，显然不利于边陲安防。

首任伊犁将军富察·明瑞手下有满洲兵、索伦兵、绿营军、蒙古兵等兵丁及其家属共计一万八千多人，但面对"表带河山，控压雄远，为西北咽喉重镇，乃西域诸城中第一形胜之地也"的伊犁，仍感兵力不足，于是给乾隆上奏折称："闻得盛京驻兵共有一万六七千名，其中有锡伯兵四五千名，伊等未甚弃旧习狩猎为生，技艺尚可，于此项锡伯兵内拣其优良者一同派来，亦可与黑龙江兵匹敌。"

就这样，乾隆二十九年（1764）四月初十，锡伯兵及家眷从盛京（今沈阳）出发，沿北方蒙古高原驿路（即草原丝绸之路）西进，于次年七月（阴历）中旬陆续抵达伊犁河之南，修筑营房，放牧种田，承担起驻防御侮的重任，锡伯族遂在伊犁、在新疆扎了根。

不同于土尔扈特人一路被沙俄派遣的哥萨克骑兵追杀，锡伯族人是在自己的国家内奉旨迁徙，路途中由于地理条件所限同样十分艰辛，但并无其他风险。而且各路府台粮草支援不断，东归的土尔扈特部落人口折损减半，锡伯族人却一路添丁增口，新生婴儿有三百多人。今人都知道东北稻米好吃，殊不知出自察布查尔锡伯自治县的新疆大米也是晶莹玉润，口感一流，这是锡伯族人带给新疆的

靖远庙·察县

又一份礼物。

当地人都管察布查尔锡伯自治县叫察县,二〇一七年我第一次来的时候,察县刚刚摘掉贫困县的帽子。察县乌孙山里的白石峰上,有难得一见的暗腹雪鸡和遍地盛开的金莲花。乌孙山和伊犁河之间除了古来有之的湿地、沃野和良田,还有如今通过滴灌技术,将荒漠草原改造而来的数十万亩玉米田。二〇二一年的夏天,乌孙山下,当今世界上最现代化的农用收割机在这里轰鸣,人们世世代代"颗粒归仓"的朴素愿望实现了。

察县的靖远庙不过百多年的历史,关帝庙时间更短,二者建筑本身没什么特别值得称道的地方,但都是全国重点文物保护单位。究其原因其实也很简单:靖远庙是锡伯族人奏请清朝皇帝敕建,关帝庙是儒家文化在此落地生根的象征。在新疆游历时间越久,我越能感受到的一点就是:"新疆"虽然名字中有新的疆土之意,但那仅仅是针对清帝国的统治者而已,从汉唐到新中国,新疆实乃故土。

巴音布鲁克草原上东归的土尔扈特人,一年一度的那达慕大会时,会骑马聚集在喇嘛庙周围,像祖先一样将马背上的生活重新演绎成心灵深处对脚下土地的认同。察布查尔县的西迁节上,已经融合了蒙古文化的锡伯族人跳着蒙古族的舞蹈,用自己种的大米,做着维吾尔族的手抓饭,喝着哈萨克族的马奶酒,讲述着属于我们所有人的一段历史。

东归、西迁,两个相向而行的民族停留在了同一片土地上。一个在高山上纵马放歌,一个在河谷里耕田起舞,也许一切正像乌鲁木齐火车站里反复播送的那句旅游广告里所说的:新疆,是个神奇的好地方!

2021年8月

儿子娃娃

察县的机械化作业玉米田

致 谢

　　二〇二一年夏季我第五次去新疆，在吉木萨尔县采风的时候与厦门援疆指挥部的同志们相识，与他们相处的短短一周内，我看到了什么是民族一家亲，什么是共同富裕，什么是兢兢业业、为国为民。援建工作不仅是资金和技术的支持，也是文化的交流和融通，厦门的援疆工作做在细处，落在实处，让我忍不住主动为他们提笔撰述。

　　新疆拥有中国最壮美的山河。我在新疆旅行期间，结交了很多不同民族的朋友，他们在这片广袤的土地上与汉族同胞们一起为建设新疆而努力。援疆工作者们的汗水和新疆同胞们脸上的笑容，令我对这片土地充满了眷恋。我希望能将本书作为献给新疆的礼物，也期盼能够由新疆当地的出版社出版发行。厦门援疆指挥部的领导们得知我的心愿后，多方协调，最终促成此书由新疆生产建设兵团出版社出版，对此我不胜感激。

感谢这些年我在新疆旅行期间遇到的每一位朋友。与大家原本相隔万水千山，却能够拥有共同畅游新疆山水、把酒言欢、对着生活一起放声歌唱的美妙时光，实在是我今生之幸。没有你们的帮助，我写不出这本书中的许多故事。天山上的雪会作证，我们的友谊在岁月中恒久绵长。

武汉的曾刚先生为本书的封面做了精彩设计，上海的滕波先生为本书提供了航拍照片，厦门的吴新宇老师为本书的校对贡献良多。他们都是我的好友，但我的感谢的话不可少。此外，因为新冠疫情防控存在不确定因素，我无法就此书的编辑、设计和出版事宜前往新疆，和本书的责编以及设计师只能依靠网络沟通，感谢他们不厌其烦地修订，才有了这本书最终的呈现。

最后我想说的是：这是一本感谢新疆、感谢时代的书。在新疆历行万里，让我无时无刻不在感受着大自然带来的震撼，也无时无刻不在被多姿多彩的文化和善良勤劳的人们吸引，新疆的变化日新月异，感谢这片土地、感谢这个时代，让我与这一切相逢，也让我对新疆的爱更加深沉。

祝福新疆，祝福我的祖国。

山鹰
2022年5月于厦门虎溪岩